Colección De Poemarios

2022

Robert Maximiliam

COLECCIÓN DE POEMARIOS

2022

LUCES EN MI ALMA

Robert Maximiliam

COLECCIÓN DE POEMARIOS

2022

LUCES EN MI ALMA

ISBN 978-1-989983-18-8

Papel

Editada bajo el sello de

«EDICIONES ROMAX»

PRÓLOGO

LUCES EN MI ALMA

A veces, en mi vida he tenido que apagar la luz para estar solo conmigo mismo, para encontrarme al pie del camino de mi vida con la intención de mirarme a los ojos, verme de frente y descubrirme sin miedos, frustraciones o limitaciones. En ese encuentro personal, he encontrado un corazón en llama, clamando, reclamando, suspirando y deseando una razón para amar. Queriendo y deseando ser alguien especial, dándome en el pecho por las faltas de amor que no me dejan avanzar. En ese momento, hay luces en mi alma que me iluminan dentro y me hacen suspirar, me ofrecen una luz de esperanza y me invitan a continuar.

Robert Maximiliam

COLECCIÓN DE POEMARIOS 2022

«LUCES EN MI ALMA»

INDICE

I- APAGO LA LUZ

Cuando el tiempo me alcanza y no me quedan ganas de continuar. Es entonces, que apago la luz, me pongo de rodillas y digo: «Eres mi salvación». Un murmullo del corazón me invita con la sonrisa de ser alguien especial, se seguirle y mi corazón se enciende como una llama eterna. Renazco en mi fe después de una vil mentira, perdiendo el miedo y escribiendo la historia de mi fe. Me unió al amor y acepto la vida tal cuál es, porque la vida es así. Y en un lugar del mundo, por ahí, no sé dónde, soy parte del amor y me descubro amor. Me complazco en su presencia y me declaro amante y enamorado de su bendición.

I- APAGO LA LUZ

1- Gracias al corazón

2- De rodillas

3- Eres mi salvación

4- Apago la luz

5- Un invitado de honor

6- El murmullo de tu corazón

7- Un corazón en llamas

8- Sígueme

9- Una vil mentira

10- Renacer

11- Perdiendo el miedo

12- La historia de mi fe

13- Unidos por amor

14- La vida es así

15- Sólo, así.

16- En un lugar del mundo

17- Ser parte de tu amor

18- Caminando en el amor

19-Me complace amarte

20- No hay nadie más que tú

1- GRACIAS AL CORAZÓN

Hoy quiero darte gracias, muchas gracias...

Por haberme recibido,

Por haberme escuchado,

Por hacerme sentir, alguien especial.

Hoy quiero darte gracias, muchas gracias...

Por haberme comprendido,

Por no juzgarme,

Por devolverme la paz espiritual.

Hoy quiero darte gracias, muchas gracias...

Por haberme rescatado,

Por haberme dignificado,

Por devolverme, al camino del amor.

Y por eso...

Elevo mis manos, alabo Tu Nombre,

Y te declaro...mi gran amor.

Y me declaro...hijo agradecido.

Y me declaro... hijo de la luz.

Y por eso...

Yo te digo; ¡Padre!

Yo te grito: ¡Padre!

Y a ti entrego...mi corazón.

Y a ti te entrego... mi caminar.

2- DE RODILLAS

¡Señor! Aquí me tienes,

A tus pies, arrodillado.

Reconociendo mis errores

De pensamiento, de palabra,

De obra y de omisión.

¡Perdóname Señor!

¡Soy pecador!

¡Perdóname Señor!

Mis faltas de amor.

No merezco llamarme Hijo tuyo,

No merezco, Tú bendición.

¡Señor! Aquí estoy.

Junto a ti, Arrepentido.

Reconociendo mis errores

De pensamiento, de palabra,

De obra y omisión.

Soy culpable, lo reconozco.

Soy pecador, no lo niego.

Más sin embargo, me arrepiento

Y por eso, Te pido perdón.

3- ERES MI SALVACIÓN

¿A dónde voy ir, Señor?

Sin tu cariño,

¿A dónde voy ir, Señor?

Sin tu amor.

¿A dónde voy ir, Señor?

Sin tu presencia.

¿A dónde voy ir, Señor?

Sin tu bendición.

Tú tienes palabras de vida eterna,

Tú tienes la salvación.

Tú tienes palabras de vida,

Tú tienes la liberación.

¿A dónde voy ir, Señor?

Si tú eres **el** camino,

¿A dónde voy ir, Señor?

Si tú eres la luz.

¿A dónde voy ir, Señor?

Sin tu mirada.

¿A dónde voy ir, Señor?

Sin esa luz.

Tú tienes la verdad

Que lleva al cielo,

Tú eres el verdadero amor.

Tú tienes la llave

De la puerta del paraíso.

Tú eres mi salvación.

4- APAGO LA LUZ

Voy apagar la luz

Para pensar en ti.

Voy a romper el hielo

Que congela mi corazón.

Voy a despertar de mi desilusión.

Voy apagar la luz

Para pensar en ti.

Voy a gritar alto y fuerte

Para que me escuches

Voy a rogar que vuelvas a mí.

Apago la luz

Para estar solo.

Para escucharte

Para sentirte en mi corazón.

Apago la luz

Para sentirme vivo.

Para ofrecerme

En cuerpo y alma.

Apago la luz

Para sentirme tuyo.

Tuyo, solamente tuyo.

Tuyo...y de nadie más.

Voy apagar la luz

Para pensar en ti.

Voy a iluminar mi oscuridad

Y dar vida a mi corazón.

Voy a cantar mi mejor canción.

5- UN INVITADO DE HONOR

¡Tú me invitaste Señor!

A una cena muy especial

Me invitaste a compartir contigo.

¡Me has invitado Señor!

Y me siento un privilegiado,

Un invitado de honor,

En tu mesa de amor.

¡Aquí estoy Señor!

Aquí me tienes

Aquí te traigo un regalo...

Mi vida en su plenitud.

¡Aquí estoy Señor!

Aquí me tienes

Con mis triunfos y mis fracasos;

Mis alegrías y mis tristezas.

¡Aquí estoy Señor!

En tu mesa.

¡Aquí estoy Señor!

En tu comunión.

¡Aquí me tienes!

A tu lado.

¡Aquí estoy Señor!

¡Gracias por invitarme!

6- EL MURMULLO DE TU CORAZÓN

Yo soy...

El silencio cuando quieres hablar.

Yo soy...

La tormenta cuando deseas amar.

Yo soy...

El alimento cuando tienes necesidad.

Yo soy...

Esa meta a donde quieres llegar.

SOY, TODO TUYO

Y NO LO PUEDO NEGAR

SOY EL MURMULLO

DE TU CORAZÓN.

SOY, TODO TUYO

EN ALMA Y PASIÓN.

Yo soy...

Esa estrella que buscas al amanecer.

Yo soy...

La botella donde guardas tu ilusión.

Yo soy...

El motivo que te hace volar.

Yo soy...

El amigo que te espera hasta el final.

SOY, TODO TUYO

Y LO QUIERO CONFESAR.

SOY EL MURMULLO

DE TU CORAZÓN.

SOY, TODO TUYO

EN PALABRA Y EXPRESIÓN.

7- UN CORAZÓN EN LLAMAS

Hoy mi corazón

quiere alabarte.

Hoy mi corazón

quiere adorarte.

Quiere ofrecerte

su alabanza.

Quiere decirte

cuanto te ama.

Este corazón está en llama,

Está que te clama.

¡Te alabaré!

Sin miedo al silencio.

¡Te alabaré!

Con el verso de mi alma

¡Te alabaré!

Con la sencillez de mi corazón... herido.

¡Te adoraré!

Sin miedo al silencio.

¡Te adoraré!

Con el verso de mi alma

¡Te adoraré!

Con la sencillez de mi corazón... herido.

¡Te alabaré!

¡Te adoraré!

¡Te alabaré!

¡Te adoraré!

Este corazón está en llama,

Está que te clama.

8- SÍGUEME

Si tú quieres seguirme

Sigue mis pasos,

Sigue mi sombra

Sigue mi llanto.

Si tú quieres seguirme

Mira la cruz,

Mira la luz,

Mírame de frente.

Y sígueme...

Sin mirar atrás,

Sin pensar en los demás,

Sin volver atrás.

Sígueme

Con las manos vacías,

Sin mirar los días,

Y con alegría.

Si tú quieres seguirme

Sigue mis huellas,

Mira mi estrella,

Y ponte a caminar.

Si tú quieres seguirme

Toma tu cruz,

Enciende tu luz,

Y olvídate del tiempo.

9- UNA VIL MENTIRA

Me dices que tu amor

Ha sido una vil mentira

Que tus besos y caricias no eras míos

Que siempre lo hacías pensado en otra

Compañía.

Me dices que tu amor

ha sido una gran falacia,

Un juego del azar tirando cartas

Que todo ha sido una simple coincidencia.

Yo te digo que mi amor

No ha sido una mentira

Que en cada beso que te he dado

He puesto toda mi vida.

Te aseguro que mi amor

No ha sido una falacia

Que siempre he dado gracias

Por tenerte en mis días.

Soy tu mentira

Una vil mentira

Y para tu desgracia

Soy parte de tu vida.

Soy tu mentira

Una vil mentira

Y para mi sorpresa

Eres la fresa en mi vida.

Soy tu mentira

Una vil mentira

Y para tu malestar

Soy el verso de tu vida.

Soy tu mentira

Una vil mentira

Y para mi vida

Eres la fuente de mi alegría.

10- RENACER

¡Renaceré!

En el llanto del hombre solitario,

En la plegaria del pobre por un pan,

En la oración de una madre por los que no están.

¡Renaceré!

En el grito ahogado del que ama,

En la llama del necesitado en una cama,

En la esclavitud de aquel enamorado.

¡Renaceré!

En la paz del anciano y su pasado,

En la piel de enfermo olvidado,

En la voz del que clama perdón.

¡Renaceré!

Una y otra vez.

¡Renaceré!

Cada vez que me necesiten.

¡Renaceré!

En el pan sin mesa.

¡Renaceré!

En el alma y la cabeza.

¡Renaceré!

En la fiesta del sagrario,

En el horario del descalzado,

En el pasado del que se ha marchado.

¡Renaceré!

El día que me llamen,

En los planes del sacrificado,

En el legado de padre que se ha ido.

¡Renaceré!

Cada vez que me entierren,

Cuando erren las palabras,

Cuando abras tu alma a mi palabra.

11-PERDIENDO EL MIEDO

Voy a perder el miedo y acercarme a ti.

Voy a robarte el cielo y hacerte feliz.

Voy a perder el modo de ser infeliz.

Voy a creer que puedo ser alguien para ti.

Y lograr Extender mis alas

Y por fin volar.

Y lograr Abrir mi alma

Y expresar mi amor

Y lograr Ser por un momento

Verbo del amor.

Voy a perder el miedo y mirarte al fin.

Voy a robarte un beso y ser un gorrión.

Voy a sentirme libre en las alas del amor.

Voy a sentirme libre en las alas de tu amor.

12- LA HISTORIA DE MI FE

Te contaré la historia

Del verbo que se hizo hombre;

De la promesa de amor

Que se ha hecho realidad.

Él nació en Belén

Y creció en Nazaret,

Escogió a doce

Y habló de una Buena Nueva.

Amar a Dios sobre todas las cosas,

Y al prójimo como a ti mismo.

Ser solidario con tu hermano,

Y luchar por promover la paz.

Dar cobijo al necesitado,

Visitar al enfermo,

Ofrecer el pan al hambriento

Y dar consuelo al que ha perdido.

Él es el camino que lleva al Cielo,

El es la luz en la oscuridad,

Él es la vida que nunca muere,

Él es la verdad en la mentira.

Él fue juzgado y condenado;

Crucificado y resucitado.

Él venció a la muerte,

Él sigue vivo. Él está aquí

Él vive en mí.

Es la historia de mi fe.

13- UNIDOS POR AMOR

Así, como te miro yo...

Quiero que tú me mires.

Así, como te quiero yo...

Quiero que tú me quieras.

Así, como te amo yo...

Quiero que tú me ames.

Sin motivos, sin razones,

Sin malicia ni maldad.

Con tu mente, con tu cuerpo,

Con tu sangre, de verdad.

Con el verso, la palabra,

Con el ritmo, con humildad.

Solo así, te quiero yo...

Queriendo por amor.

Solo así, te amo yo...

Amando por amor.

Solo así, unidos...

Unidos por amor.

Así, como te escucho yo...

Quiero que tú me escuches.

Así, como te veo yo...

Quiero que tú me veas.

Así, como te busco yo...

Quiero que tú me busques.

14- LA VIDA ES ASÍ

Y todo pasa, pasa, pasa

Cuando tiene que pasar.

Y todo llega, llega, llega

Cuando tienes que llegar.

La vida es así

No lo puedes negar

Te caiga muy bien

O te caiga muy mal.

No la puedes cambiar,

No te puedes parar,

Tienes que caminar.

La vida es así

No la puedes cambiar.

Te lo tomes a bien,

Te lo tomes a mal,

Nada puedes hacer.

No te debes callar,

Tienes que continuar.

Y todo cae, cae, cae

Cuando tienes que caer.

Y todo sale, sale, sale

Cuando tiene que salir.

La vida es así

Nunca nada es igual.

Hoy te toca a ti

O me toca a mí.

Nada puedes hacer.

No debemos parar,

Todos a caminar.

15- SÓLO ASÍ

Solo así, sin mirar;

Yo te puedo decir

Que te puedo amar.

Solo así, sin mirar;

Yo te puedo asegurar,

Que me has robado el respirar.

Y al callar...

Me vuelvo mar

Donde tú eres, barco en libertad.

Solo así, sin mirar;

Yo te puedo hallar

Escondida en alas de mi soñar.

Solo así, sin mirar;

Yo te puedo encontrar

Navegando en las aguas de mi despertar.

Y al soñar...

Te encuentro

En la antesala de mi corazón.

Sin mirar, te puedo amar.

No hace falta tenerte aquí.

Sin mirar te puedo sentir

Tu presencia vive en mí ser.

Sin mirar, tú eres mía.

Perteneces a mí existir.

Solo así, sin mirar;

Yo te puedo amar

Yo te puedo querer

Y juntos convertirnos

En el verbo del amor.

16- EN UN LUGAR DEL MUNDO

En un lugar del mundo

Ahí donde brilla la alegría

Quiero sentarme a disfrutar mi día,

Quiero quedarme a vivir para siempre.

En un lugar del mundo

Ahí donde duerme la paz

Quiero dormir tranquilo en libertad,

Quiero descansar para recuperarme.

En ese lugar

Quiero poder llegar

Quiero encontrar

Mi alegría perdida,

Quiero recuperar mi paz.

En un lugar del mundo

Ahí donde se da la comunión

Quiero sentarme a ser elección,

Quiero quedarme a compartir mi vida.

En un lugar del mundo

Ahí donde crece la armonía

Quiero beber del canto de la vida,

Quiero disfrutar del beso de la amistad.

En ese lugar

Quiero poder estar

Quiero poder ofrecer

Mi la bondad de mi pan,

El abrazo de la amistad.

17- SER PARTE DE TU AMOR

Levantaré mi rostro

Para mirarte de frente,

Para que mires

a través de mis ojos

lo que estoy sintiendo.

Levantaré mi rostro

Para mirarte de frente,

Para decirte,

Sinceramente,

La cruz que llevo dentro.

Te miraré

Suplicante, humildemente,

Pidiéndote perdón.

Te miraré

Suplicante, cariñosamente,

Pidiéndote compasión.

Me postraré a tus pies

E inclinaré mi rostro

En signo de veneración.

Me postraré a tus pies

E inclinaré mi rostro

En signo de humildad.

Te rogaré

Suavemente, dulcemente

Pidiéndote misericordia.

Te rogaré

Calladamente, intensamente

Ser parte de tu amor.

18- CAMINANDO EN EL AMOR

Y así, entre tú y yo

Nació el amor.

Y así, entre tú y yo

Caminamos en el amor.

Sin buscarlo, caminando

Floreció en libertad.

Sin gritarlo, platicando

Nos unimos en el verbo amor.

Y a partir de ahí,

Descubrimos nuestra relación.

Decidimos ser comunión...

en el amor.

Y a partir de ahí

Escogimos una dirección,

El camino del corazón...

Siguiendo el amor.

Sin rogarlo, musitando

Brilló como una flor.

Sin callarlo, sonriendo

Comulgamos en el amor.

Y ahora estoy, navegando

En el mar de la ilusión.

Y ahora voy, disfrutando

En las alas del corazón.

Y me veo en ti

Feliz y enamorado.

Y me siento en ti

Feliz y acompañado.

19- ME COMPLACE AMARTE

Me complace amarte

Me gusta descubrirte

Cuando tú no estás.

Me complace amarte

Me gusta encontrarte

En mi soledad.

Y cuando tú no estás

Me complazco en tu ausencia

Trayéndote sin más.

Y cuando tú no estás

Me complazco en tu presencia

Amándote en mi interior.

Y me vuelvo vida

Vida en libertad,

Y me vuelvo verbo

Conjugándote en el amor.

Me complace amarte

Me gusta descubrirte

Cuando tú no estás.

Me complace amarte

Me gusta saberme

Amándote, sin más.

Y cuando tú no estás

Me complazco recordándote

Trayéndote a mí existir.

20- NO HAY NADIE MÁS QUE TÚ

Esta es una canción de amor

Un deseo hecho realidad.

Esta es... mi declaración de amor.

No existe nadie en mi corazón...

Más que tú.

No habita nadie en mi corazón...

Más que tú.

Tú y nadie más

Eres la dueña de mi corazón.

Tú y nadie más

Eres la que ilumina mi ilusión.

Esta es, mi canción de amor.

Esta es... la melodía de mi corazón.

Es mi declaración de amor

Porque no hay nadie, más que tu.

Y es que te adoro

Te adoro con toda mi alma.

Y es que te venero

Te venero más que a mi vida.

No permito a nadie, en mi corazón...

Más que tú.

No deseo a nadie, en mi corazón...

Más que tú.

Tú, mi único amor

Tú mi gran ilusión

Tú, principio y fin

Tú, mi alfa y omega.

II – AL PIE DEL CAMINO

Estoy ilusionado y le amo con toda mi alma. Jesús es santo, dueño y Señor. Me complazco en su amor y me pongo al pie de la cruz. Te suplico que me abraces, que me permitas ser comunión. Y cuando me mira, me derrito dentro y me siento infiel; como un buen pastor, me toma entre sus brazos para llevar al aposento de su divinidad. Me encuentro al pie del camino, sin saber por qué me alejé si me encontraba en su amor. Aprendí, como el ladrón, de sus errores y prometí, como un aprendiz, seguir sus pasos. Estoy en fuego, dentro de una noche mágica, enamorado de tu manera de ser. Estoy en fuego por tu amor y me doy cuenta que no amo a nadie más y quiero enamorarme hasta el final.

II- AL PIE DEL CAMINO

1- Amarte con toda mi alma

2- Jesús es santo

3- Me complazco en tu amor

4- Abrázame

5- Ser comunión

6- Cuando me miras

7- Si no le amara

8- ¿Por qué se fue?

9- El buen pastor

10- Es el amor

11- Estoy en fuego

12- El ladrón

13- En el olvido

14- Aprendí

15- Una noche mágica

16- Nadie como tú

17- Existes

18- En fuego por tu amor

19- A nadie más

20- quiero enamorarme

1- AMARTE CON TODA MI ALMA

Te amo y te amaré,

Siempre que pueda.

Yo te amaré.

Te amo y te amaré

No hay en el mundo,

Nadie, como tú.

Estés aquí, estés allá.

Dónde tú quieras,

Yo te amaré.

Me ames tú o no me ames...

Yo te amaré,

Con todas las fuerzas.

Te amo y te amaré

Y no me importa

El qué dirán.

Te amo y te amaré

Es mi destino

Amarte así.

Me busques tú o no me busques

Yo te buscaré,

Pues yo te amo.

Me quieras tú o no me quieras

Yo te amaré

Con toda mi alma.

2- JESÚS ES SANTO

Santo, Jesús es santo.

Santo para los hombres.

Santo, Jesús es santo.

Dios hecho hombre.

El viene en el nombre de su Padre,

Es el Ungido, el Escogido

Es el Señor.

El viene para estar entre la gente

Es la Palabra, es el Mesías,

El Salvador.

Santo, Jesús es santo.

Santo, Hijo de Dios.

Jesús hoy viene para estar entre nosotros

Para ser presente, para ser vida,

Ser comunión.

3- ME COMPLAZCO EN TU AMOR

Voy detrás de tus pasos,

Voy siguiendo tu luz,

Voy siguiendo tu voz,

Tu palabra en mi interior.

Voy caminando despacio,

Voy cargando mi cruz,

Voy queriendo ser huella

Que refleje tu amor.

No tengo a nadie más

Que me llene el corazón.

No hay nadie más

Que me ofrezca tanto tu amor.

En ti se complace mi corazón

Y mi alma se regocija en ti.

Solo en ti me siento completo

Me siento feliz.

No quiero a nadie más

En el centro de mi corazón.

No deseo a nadie más

Porque todo mi ser te pertenece.

Voy queriendo ser verdad

Queriendo ser tu amistad.

Voy tratando de imitar

El amor que tú me des.

4- ABRÁZAME

Tu presencia es mi sustento,

Tu presencia es mi alimento,

Tu presencia es vital para mí existir.

Mi lamento es si profundo

Que me ahogo en mí caminar.

Mi universo es un silencio

Que tengo miedo a la soledad.

Abrázame

Que estoy muy triste.

Abrázame

Que me siento mal.

Abrázame mi amor

Que tengo frío.

Abrázame mi amor

Que te necesito.

Tú presencia es mi morada,

Tú presencia en mi almohada,

Tu presencia es importante... para vivir.

5- SER COMUNIÓN

¡Aquí estoy Señor! Tú me has invitado.

¡Aquí estoy Señor! Quiero recibirte.

Estoy Señor, dispuesto...

A abrir mi alma.

Entra Señor, en lo más profundo

de mi corazón.

Esta es, la primera vez

Que estarás dentro de mí.

La primera vez que seremos comunión.

¡Estoy feliz Señor!

Por fin, seremos uno en el amor.

¡Estoy feliz, Señor!

Por fin seré eterno en el amor.

Esta es la primera vez

Que vengo ante Ti

Esta es la primera vez

Que me presento ante Ti

Me he preparado con mucho amor

Para poder encontrarte.

He limpiado mi corazón y recibirte dignamente.

¡Quiero ser comunión!

En cuerpo y alma.

¡Quiero ser comunión!

En cuerpo y sangre.

Hoy, por fin, seremos... comunión.

Hoy, por fin, seremos uno en el amor.

Hoy, por fin, es mi primera comunión.

6- CUANDO ME MIRAS

Cuando me miras a los ojos,

Me desnudas el alma a tu antojo;

Me subes en nubes de algodón,

Me colocas en la punta de una ilusión.

Cuando me miras a los ojos

Me haces creer en tu antojo,

Volviéndome tu atento servidor,

Tu amante enamorado por amor.

Cuando me miras de esa manera,

A mi manera me siento enamorado,

No hay espera, no hay pasado;

A mi manera, te quiero a mi lado.

7- SI NO LE AMARA

Ella me asegura que le ama

Que su amor por él es perfecto.

Mas sin embargo, hay un sentimiento

Que ha nacido en el desierto.

Ella me confirma que lo adora

Que su amor por él es intachable

Pero en el silencio hay un rebrote

Que está haciendo eco.

Ella me dice que si no le amara

En su corazón habría una llamarada.

Ella me dice que mis palabras son poesía,

Que en la silla vacía, se vuelven dulce compañía.

Ella me asegura que en la locura

Su corazón en mi encontraría cura.

Si no le amara, como le ama.

Yo seria de seguro bienvenido.

Si no le amara, como le ama.

Yo seria de seguro él elegido.

Y en su nido no habría frio

Porque en mis brazos

Está segura hallaría trigo.

8- ¿POR QUÉ SE FUE?

¿Con quién se fue?

¿Con quién se marchó?

¿Con quién estará musitando sueños?

¿Con quién estará hilvanando verso?

¿Dónde está?

¿Por qué se fue?

¿Por qué se marchó?

¿Por qué me mintió?...

Al dejar promesas, ahí sobre la mesa.

¡No cumplió!

Me falta en el alma

Algunas explicaciones,

Muchísimas razones para no llorar.

Quizás,... no lo sé

Quizás,... no quiero ver.

Algo que me llene este vacío inmenso.

Algo que me diga lo que no quiero ver.

Algo que suavice este golpe ingrato.

Algo que sea grato sin saber por qué.

9- EL BUEN PASTOR

Yo soy el buen pastor.

El que cuida de sus ovejas,

El que nunca da por perdido

Si una se aleja.

Yo soy el buen pastor.

El que protege a su rebaño,

El que no quiere que le hagan daño

A ninguna de sus protegidas.

Yo te cuidaré

Porque mi Padre me lo ha pedido,

Porque tú eres alguien querido

Y estás en mi corazón.

Yo te protegeré

Con todas mis fuerzas,

Con todas mis armas,

Para que no te pase nada.

Yo soy el buen pastor

Y estaré pendiente de ti

Y estaré dispuesto por ti

a darlo todo.

Yo soy el buen pastor

Y estaré siempre a tu lado

Y estaré dispuesto a ir por ti

Ofreciéndome por amor.

10- ES EL AMOR

Cuando menos lo esperaba,

Cuando todo en mi callaba

Se presentó, por fin llegó a mi vida... El amor.

Yo que tanto había rogado,

Y que tanto había rezado,

Se dignó y me escuchó presentándose

Es el amor.

Y por fin llegó

Arrastrándome a su mundo

Ofreciéndome un segundo

Para hacer castillos en mi interior.

Y por fin llegó

Haciéndose presente,

Volviéndose viviente,

Amaneciendo en las alas de mi corazón.

Es el amor

Que me ha ofrecido su mano,

Me ha invitado a ser amo

De mi caminar.

Es el amor

Que me ha iluminado el camino

Que me pide ser su amo

En la ilusión.

11- ESTOY EN FUEGO

Mi corazón está que arde

Arde por dentro.

Me quema el alma,

Derrite todo lo que siento...

Es un sentimiento

Que grita con todo su aliento.

Estoy en fuego por tu amor

Me estoy quemando

Y no me arrepiento.

Mi corazón está que quema

Quema por dentro

Me enciende el alma

Es una llama sin firmamento

Mi sentimiento

Vuela entre las alas de un silente

Estoy que floto de contento

Me escapo en el silencio.

Y no puedo expresar

Todo lo que siento

Todo lo que quiero

Me explota dentro.

Me faltan palabras

Para decir lo que estoy sintiendo

Me faltan frases

Para escribir este gran momento.

12- EL LADRÓN

Te robaré el espacio

Donde anidas tus sentimientos

Y sembraré un topacio

Para demostrarte todo lo que estoy siento.

Te robaré el capricho

Aquel que escondes desnuda

Y abrigaré en tu nicho

La cigarra que canta a tu cintura.

Me convertiré

En el ladrón de tu cuerpo,

En el intruso del tiempo

Que deambula en tu verso.

Me convertiré

En el ladrón de tus sueños,

En ese beso sin dueño

como un suspiro pequeño.

Te robaré

La tarde que amanece en tu vida,

En esa herida que sigue abierta

Y te grita: ¡aquí estoy, querida!

Me convertiré

En el ladrón de un ratito,

En ese bendito

Que ha hecho pecado de tu capricho.

13- EN EL OLVIDO

Me quedé sentado

en el banco del olvido,

Murmurando mi pasado,

Repitiendo un quejido.

Me quedé callado

Fijado en un punto de mi pasado,

Ahí donde la aurora hace nido,

Donde el sonido es prohibido.

Me quedé pausado

Digiriendo un legado,

Un amor fallido

Que en el fondo hizo nido.

Me quedé en el olvido,

Perdido sin sentido,

Lamiendo mi pasado,

Rumiando un latido.

Me he quedado

Al filo del borde de un recuerdo

Y en el verbo que sigue callado

Me he subido en las alas del olvido.

14- APRENDÍ

Te pedí un beso
una noche de otoño
Y como un retoño
Nació nuestro amor.

Te ofrecí un verso
Un día sin tiempo
Y en el silencio
Me diste de comer.

Y aprendí a caminar
De la mano a tu lado
Y como un soldado
Defendí nuestro amor.

Y aprendí a disfrutar
Cada día algo nuevo
Y en tu velero
Me llevaste a navegar
Y me gustó navegar

Te pedí un lucero

Una noche sin luna

Y en una laguna

Nos bañamos en el amor.

Te ofrecí mi locura

Convertida en frescura

Y en una llanura

Anidamos el amor.

Aprendí a ser feliz

Pronunciando tú nombre

Y sin ser pronombre

Reconociste mi voz.

15- UNA NOCHE MÁGICA

Esta noche quiero estar contigo,

Quiero ser tu abrigo

Y amarte hasta amanecer.

Esta noche quiero estar contigo

Quiero ser mendigo

Y amarte hasta enloquecer.

Quiero tener

Una noche mágica,

Una noche única,

A tu lado ser feliz.

Quiero tener

Una noche mágica,

Una noche plena

Y contigo ser feliz.

Esta noche quiero estar contigo

No ser un amigo

Y amarte sin punto final.

Esta noche quiero estar contigo

Sentirme un bandido

Y robarte las mieles del amor.

Quiero tener

Una noche mágica,

Una noche lírica

y en tus brazos morirme de amor.

16- NADIE COMO TÚ

Desde que te encontré

No ha habido otra en mi corazón.

Nadie, como tú,

Ha sabido conquistarme,

Ha podido enamorarme.

Yo que tanto dude,

Yo que tanto jugué

Hoy me rindo a esta realidad,

No hay nadie más... en mi corazón.

Nadie más que tú...

Nadie, como tú...

Ha sabido llegar hasta mí,

Ha querido ser feliz a mi lado.

Yo que siempre lo negué,

Yo que siempre me burlé

Hoy me rindo a esta voluntad,

Voluntad de amarte,

Voluntad de entregarme

Como se entrega solo por amor.

17- EXISTES

Una parte de mí

Se niega a reconocerlo,

Pero aquí está

Brillando como sol eterno,

Calando como daga ardiente,

Pendiente como un horizonte.

Una parte de mí

Se niega a aceptarlo

Pero aquí está

En mi alma como luna llena,

En mi cuerpo como un universo,

Como verso que enamora lento.

Aquí dentro de mí

Existes y no lo puedo negar.

Aquí, como un colibrí

Vuelas, libre como un ángel.

Aquí dentro de mí

Existes y es difícil negar.

Aquí dentro de mí

Aprietas y endulzas la vida.

18- EN FUEGO POR TU AMOR

Mi corazón está que arde,

Arde por dentro,

Me quema el alma,

Derrite todo... todo lo que siento.

Un sentimiento

Grita con todo,

Todo su aliento.

Estoy en fuego por tu amor,

Me estoy quemando

Me quemo, me gusta

Y no me arrepiento.

Mi corazón está que quema,

Quema por dentro,

Me enciende el alma,

Es una llama sin firmamento.

Mi sentimiento

Vuela libre,

entre las alas de un silente.

Estoy que floto de contento

Y no me importa sentirme lento

Me enloquece este sentimiento.

Y no puedo expresar

Todo lo que siento

Todo lo que quiero

Quiero decirte tanto

Me faltan palabras

No hay faltas, ni frases

Solo un sentimiento.

Estoy contento, cantando mi amor.

Estoy en fuego por tu amor.

Estoy feliz, brindando por este amor.

Estoy en fuego por tu amor.

19- A NADIE MÁS

Me falta el aire
cuando tú no estás,
me falta todo
cuando tú te vas.
No hay nadie, igual que tu.
Que me inunde hasta el pensar
Que me enciende cada palmo
Y me invite a volar.

Me falta el brillo
Cuando tú no estás.
Me falta el verso
Cuando tú te vas.
No hay nadie, igual que tu
Capaz de alimentarme el alma,
Capaz de iluminar el beso
Y luego, dejarme en libertad.

En mi mundo, solo existes tú.
No quiero a nadie más.
En mi vida, solo te quiero a ti.
No deseo a nadie más.

20- QUIERO ENAMORARME

Muéstrame el camino para llegar a ti,
Muéstrame el sendero hacia tu corazón.
Quiero conocerte para poder amarte,
Quiero conquistarte con todo mi ser.

Muéstrame sin miedos tu razón de ser,
Muestra el cielo de tu renacer.
Quiero encontrarte sin temor a amarte,
Quiero enamorarme con mi corazón.

Muéstrame la luna que ilumina tu vida,
Muéstrame el lucero de amanecer.
Quiero entregarme en cuerpo y alma,
Quiero sentirme tuyo solo por amor.

Muéstrame la tarde de tu mejor canción,
Muéstrame el ronrón de tu corazón.
Quiero enamorarme sin miedo a perderte,
Quiero ser poeta de tu ilusión.
Quiero enamorarme sin punto ni coma,
Quiero enamorarme sin punto final,
Quiero enamorarme por primera vez.

III- MIRÁNDOTE A LOS OJOS

Aquí estoy, en un silente de amor, clavado y enamorado. Más allá del verso y la prosa; de la palabra y de la acción; más allá de lo que quiero ser. Quiero expresar, en el tiempo que me queda por vivir, que sigues siendo presente, que sigues estando en mi mente y que te llevo dentro de mi corazón. Mirándote a los ojos, me descubro beso, un pequeño travieso que te robó una ilusión. Te pertenezco y soy feliz, eres mi amor desde el primer día que te conocí. Este es un canto enamorado, como el hijo le canta a la madre: sentido, dichoso y con un inmenso deseo de ser amor. En mi desierto muero por dentro y despacito, muy despacito, te voy queriendo cada segundo más.

1- MÁS ALLÁ

Más allá

Del silencio, del callar;

De mi sombra, del mirar... más allá del qué dirán.

Más allá

De un te quiero, de un adiós;

De un suspiro, de un perdón... más allá de mi dolor.

Más allá

De la vida, del morir;

De la duda, del rogar... más allá del recordar.

Más allá... te esperaré.

Más allá... te amaré.

Más allá... sentiré.

Más allá

Del verbo, del jurar;

Del beso, del rezar... Más allá... allá te amaré.

2- UN SILENTE DE AMOR

Hay una mirada que me seduce el alma,

Hay unos ojos que me vuelven loco,

Hay un poema de mujer que me enamora.

Hay una sonrisa que me conquista dulce,

Hay unos labios que gritan besos,

Hay un delirio de amor que renace al verte.

Estoy volando alrededor

Como luna sobre tu amor.

Estoy siguiendo tu candor

Como lucero enamorado.

Estoy que me muero de amor,

Me muero por ser tu amor.

Hay una paloma entre tus manos,

Un deseo que quiere ser realidad,

Hay un silente de amor que grita te amo.

3- QUERIENDO EXPRESAR

Hoy te quiero alabar

Hoy te quiero expresar

Algo que en mi está naciendo,

Sediento de libertad.

Hoy te quiero musitar

Hoy te quiero susurrar

Algo que en mi está viviendo,

Creciendo en mi interior.

Quiero volar, alabar.

Quiero soñar, expresar.

Mi sentimiento.

Quiero cantar, musitar.

Quiero gritar, susurrar

Mi sentimiento.

Algo que quemar por dentro.

Algo que brilla en silencio

Es el amor que por ti estoy sintiendo.

Es el amor que crece y me enamora dentro.

4- EL TIEMPO QUE ME QUEDA

El tiempo que me queda por vivir

Abrazaré la vida como un delfín,

Alegre, disfrutando de mi mar.

El tiempo que me queda por vivir

Sonreiré al tiempo como un talismán

Agradecido, simplemente, por existir.

Ese tiempo que me queda aún

Lo aprovecharé para ser feliz

Para agradecer una linda compañía.

Ese tiempo que me queda aún

Lo dedicaré a disfrutar

Del tiempo, del amigo y del familiar.

Ese tiempo que me queda aún

Lo imaginaré despacio

Sin correr ni gritar ni maldecir.

El tiempo que me queda por vivir

Animaré el camino con mi sonreír,

Aplacaré mi ansiedad por querer sobresalir.

El tiempo que me queda por vivir

Me disfrazaré de verso encantado

Para enamorarte enamorado.

El tiempo que me queda por vivir

Respiraré despacio para llenarme pleno

Y ser sereno mientras termino de caminar.

5- AÚN ERES PRESENTE

Si me dices que ya no te importo

Que mi barca ya no tiene puerto

Que soy un muerto en tu callar.

Si me dices que ya no soy nada

Que en tu fuente no agua viva

Que en tu mirada solo soy callar.

En mi mundo

Te puedo asegurar

Que aun eres presente

Y aun ausente, me haces temblar...

Solo con pensar.

En mi mundo

Te puedo decir

Que eres agua viva

Y que mientras viva

Tu dulce mirar, será...

Mi mar.

Si me dices que ya no te intereso

Que en tu rezo no existe un solo verso

Que soy beso que se quedó en el pensar.

6- CAMINANDO VOY

Caminando voy

Porque en la noche, los perros me ladran;

Porque al caminar, escucho mis pasos;

Porque en el ocaso recuerdo el amanecer.

Caminando voy

Porque al respirar me siento vivo,

Porque bajo el sol se quema mi piel,

Porque a donde voy, me ilumina el mirar.

Caminando voy

Porque en la oscuridad aún tengo miedo,

Porque aún el deseo me invitar a seguir,

Porque el morir, me recuerda que debo existir.

Caminando voy

Porque mi voz aún tiene eco,

Porque en mi chaleco aún guardo una flor,

Porque el ayer dejó de existir.

Caminando voy

Porque mi estoy hace ruido,

Porque en el vacío me vuelvo loco

Porque en lo poco me siento bien.

Caminando voy

Porque lo que hago provoca estragos,

Porque el trago me deja un rezago,

Porque estoy aquí... hablando de mí.

7- EL BESO QUE ME REGALASTE

Me regalaste un beso

Y me plantaste un deseo

El de navegar en tu cuerpo

Y el de ser tu marinero.

Me regalaste un beso

Bajo el umbral de la luna

Y se volvió nuestro verbo

Que conjugó la fortuna.

Me regalaste un beso

Y me dejaste inquieto,

Se convirtió en mi amuleto

Que me canta en el silencio.

Ese beso que me regalaste

No ha sido cualquier beso

Ese beso que me regalaste

Se ha convertido en mi mejor suceso.

Ese beso que me regalaste

Ha sido lo mejor que has hecho

Y lo llevo clavado en mi pecho

como un secreto, como un helecho.

Me regalaste un beso
Una tarde de otoño
Y te plantaste en silencio
Como un discreto retoño.

Me regalaste un beso
Y me llevaste al infinito
Me ofreciste un caminito
Que me lleva a tu corazoncito.

8- TE PERTENEZCO

Desde que hicimos el amor,

Te entregué mi corazón.

Te ofrecí mi vida entera;

A mi manera, te di todo lo que soy.

Desde que hicimos el amor,

Te entregué mi ilusión.

Me ofrecí por vez primera;

A mi manera, te ofrecí mi caminar.

Mi corazón te pertenece

Desde el primer momento

que te vi aparecer.

Desde ese instante, iluminaste mi vida.

Me diste vida, deseo y pasión.

Mi corazón se ha vuelto tuyo

Como un murmullo

Yo vuelo en tu silencio.

Como una ola

Busco en el horizonte tu amanecer.

Desde que hicimos el amor,

Te entregué mi universo.

Y en este verso;

Te ofrezco, todo mi amor.

Desde que hicimos el amor,

Te pertenezco.

Y cuando amanezco;

Solo pienso, en ser parte de tu ser.

9- ESTOY FELIZ

Yo estoy feliz

Feliz, feliz, feliz.

Porque tú estás junto a mí.

Yo estoy feliz

Feliz, feliz, feliz.

Porque te tengo junto a mí.

Estoy... feliz.

Mi corazón reboza de gozo

Porque es hermoso

Sentirse así.

Mi corazón está que brilla

Es una estrella

En un cielo azul.

Estoy feliz...muy feliz.

Yo estoy feliz

Feliz, feliz, feliz.

Porque me siento amado

Y el amor me sienta bien.

Yo estoy feliz

Feliz, feliz, feliz.

Porque vivo en el amor

Y en el amor siento que vivo.

Mi corazón parece un lucero

en el sendero

Brillando por amor.

Mi corazón sonríe sin miedo

Es un bolero

Cantándole al amor.

Estoy feliz...muy feliz.

10- ELLA ES MI AMOR

Ella

Me robó un suspiro

En una noche de estrellas

Sin grillos.

Ella

Es como un zafiro

Brillando en primavera

Y yo sintiendo frío.

Ella

Me cautivó el alma

Como evangelio divino

En mi cama.

Ella

Encendió una llama

En mi abecedario

De mañana.

Ella

Es como mi camino,

Ella es mi pan y ella es mi vino.

Ella es el amor esperado,

Ella es ese amor deseado.

Ella es el amor callado,

Ella es el amor encontrado.

Ella es el amor bendito,

Ella es el amor bonito.

Ella es mi amor.

Ella es mi único amor.

11- EL DÍA QUE TE MARCHES

El día que tú te marches...lloraré.

Lloraré eterno y triste;

Lloraré con dolor inimaginable

Y estaré, por siempre agradecido.

Y estaré, contigo, en el camino.

Mi corazón no es inhumano.

Mi corazón estará dolido.

Y en su dolor, te extrañará.

Y en su pena, tendrá una cadena.

Y rogará por ti, donde tú estés.

Rogará, donde quiera que te encuentres.

El día que tú te marches...lloraré.

Lloraré tendido y frío.

Lloraré triste y vacío.

Y te extrañaré, como se extraña lo querido.

Y te extrañaré porque no has sido algo sin sentido.

Mi corazón te pertenece.

Mi corazón estará contigo.

Y en su altar, habrá una vela por ti.

Y en su oración, pedirá por ti.

Y al rezar, rogará por tu bien.

Pedirá, que por siempre, seas feliz.

12- UN CANTO ENAMORADO

Hoy cantaré

Un verso de mi alma

Una expresión de amor

Directa del corazón.

Un grito emocionado escrito por amor.

Hoy cantaré

Un beso enamorado

Una ilusión en llama

Que quema mi pasión,

Que arde en lo sagrado

Brillando por amor.

Cantaré (RE)

Con la fuerza de un necesitado,

Con el ímpetu de un soldado

Con las ganas de un triunfador.

Cantaré

Alegre por sentirme amado

Feliz por estar a tu lado

Encendido por dentro y sin temor.

Cantaré

Sin miedo a las palabras

Sin cadenas ni frases falsas

Sin condición al corazón.

Hoy cantaré

Un eco de mi alma

Una canción de amor

Brotando en lo más íntimo,

Silbando versos de mi amor.

13- MADRE

Madre

¡Cómo tú!

No hay ninguna.

¡Cómo tú!

Sólo tú, capaz de entregar entera

Sin miedos ni condición.

Madre

¡Cómo tú!

No hay ninguna.

¡Cómo tú!

Sólo tú, íntegra y plena

Que en la condena siempre está ahí.

En mi corazón

Tienes un lugar especial

Como el primer amor

Como ese amor celestial.

En mi corazón

Guardo siempre una ilusión

De ser en tu corazón una estrella

Y en un vida una esperanza de amor.

En mi corazón

Tú eres la reina

La dueña de mi silencio,

Mi camino y mi soñar.

14- EN EL ALTAR

Hoy voy camino al altar

Buscando algo de caridad

Hoy voy camino al altar

En busca de mi Señor.

Prometiste

Estar siempre en el pan

En ser vida y Salvación.

Prometiste

estar siempre en el vino

en ser camino y liberación.

Tu Cuerpo

Me dará la fuerza y el amor.

Tu Sangre

Romperá las cadenas del temor.

Tu Cuerpo

infundirá el valor a la vida.

Tu Sangre

irrumpirá en las sombras de pecado.

En el altar

Encuentro vida y amor

En el altar

Está mi amigo Jesús.

En el altar

Está la resurrección

En el altar

Encuentro mi salvación.

En la comunión

Está la puerta hacia Dios.

En la comunión

Encuentro el amor de Dios.

15- EN MI DESIERTO

En mi desierto

Caminaré en las arenas de mi alma,

Caminaré buscando oír mi voz,

Buscando mi propio yo.

En mi desierto

Caminaré bajo el calor de mi sol,

Caminaré queriendo encontrarme,

Buscándome en mi interior.

Me enfrentaré

A mis demonios, a mis dudas

Y a mis temores más íntimos.

Y lucharé

Con garras y dientes,

Con las armas de mi Señor.

No habrán demonios más grandes que mi pensar,

No habrán miedos tan altos que no pueda alcanzar,

No habrá dudas en mi corazón.

Y venceré porque nunca estaría solo

Conmigo, siempre, estará mi Dios.

El Dios de mis padres,

El Dios del maná,

El Dios la resurrección.

Y venceré porque he nacido para ser feliz

Porque conmigo está la fuerza de mi fe.

Esa fe en el Dios del amor,

Esa fe que me hace superior,

Esa fe en mi amigo Jesús.

En mi desierto

Me encontraré conmigo mismo

Me descubriré amado por el amor.

Y saldré hecho un vencedor.

16- MURIENDO POR DENTRO

Como un pájaro herido

Encontrado en la calle,

Como un detalle

Dejado en el silencio.

Como un eco perdido

Rebotando en la noche,

Como un reproche

Ahogándose en lo querido.

Así estoy

Mutilado en el tiempo.

Con un pie adentro

Y el otro en silencio.

Así estoy

Machacando verdades

Ocultándome en el miedo

Y excusándome por todo.

Herido y perdido

Callado, muriéndome por dentro.

Como un barco anclado

En el puerto de un beso.

Como el silencio

Hablando sin ser escuchado.

Como un puente en la nada

Que no lleva a ninguna parte;

Como mi arte

Sofocándose en mi garganta.

17- QUIERO TANTAS COSAS

Quiero tenerte entre mis brazos,

Abrazarte tiernamente,

Musitarte lo que siento

Y quedarme en tu regazo.

Quiero que me mires con dulzura

Enamorarte la cintura,

Callar tu calentura

Y florecer en tu frescura.

Quiero decirte tantas cosas

Que me ahogo entre mis rosas,

Que al sentir que tú me rozas

Me vuelvo cualquier cosa.

Quiero acariciarte la mañana.

Inventarme mientras me amas,

Caducar entre tus pechos

Y volverme un pequeño helecho.

Quiero tenerte muy cerquita

Agradecerte en la boquita

Musitarte mis cositas

Y bañarme en tu agua bendita.

18- ERES

Agradecer

cada momento junto a ti.

Agradecer

Tu compañía en mi existir.

El tiempo se ha marchado a tu lado,

Soy afortunado de tenerte a mi lado.

Agradecer

El haberte encontrado.

Agradecer

El haberme acompañado.

Mi vida contigo se ha enriquecido

Soy bendecido al tenerte conmigo.

Eres

Un regalo en mi camino

Eres

Lo mejor que me ha ocurrido.

Eres

Una estrella en mi destino

Eres

Simplemente mi cariño.

Eres

Simplemente lo mejor que me ha ocurrido.

Agradecer

El saberme acompañado,

El sentirme enriquecido,

Soy bendecido por tu amor.

19- ME FALTAS

¡Cómo me haces falta tú!

Hay un vacío enorme en mi interior

Hay una página que ha quedado vacía

Hay una silla sin ocupar.

¡Cómo me haces falta tú!

Hay en el tiempo un momento que te pertenece

Hay una promesa sin cumplir

Hay un vivir por compartir.

Me faltas

Y siento que te necesito

No es un capricho

Es el deseo que grita solo por ti.

Me faltas

Y no me daba cuenta

Hasta que te marchaste

Y me dejaste vacilando en mí existir.

¡Cómo me haces falta tú!

No miento porque lo estoy sintiendo así

No dudes que aun me tienes en mí sonar

Estoy muriendo sin ti.

Me faltas

Y me arrepiento,

Es mi lamento de amor,

Mi necesidad en la verdad.

20- DESPACITO, MUY DESPACITO

Y así, entre tú y yo

Nació el amor, muy despacito.

Sin buscarlo, caminando,

Floreció en libertad.

Sin gritarlo, platicando

Nos unió en el verbo amor.

Despacito, muy despacito

Floreció como una flor en primavera.

Despacito, muy despacito

Entró en mi alma pintando de calma por primera vez

Despacito, muy despacito

El amor se hizo un huequito

En mi corazón.

Y así, entre tú y yo

Nació el amor calladito.

Como no queriendo, en silencio

Se quedó quietito en un rinconcito.

Sin alzar la voz, sin pedir de más

Brilló con luz propia y se puso a cantar.

Y así, entre tú y yo

Entró el amor en mi caminito.

Se puso a jugar como un pequeñito

Y me enamoró por primera vez.

Despacito, muy despacito

Me conquistó y me hizo sonreír.

IV- UN CORAZÓN EN LLAMAS

Estoy rompiendo el silencio, amaneciendo para volver al camino. Es mi destino ser verbo en el amor, amarte sin mirar aparte, sentirme amado sin merecerlo, callarme y seguirte serio. El amor es especial, un ofertorio de la vida, una praxis en la verdad. Duele saberme tonto, sentirme inútil comprobar que soy un pecador. En una entrega total, busco la luz que me lleve al cielo, me vuelva eterno y me bese al final. En el tiempo que la promesa de amor se hace realidad la vida se vuelve viral, se transforma en necesidad y se vuelve motivo de ilusión. Con un corazón en llamas me encuentro después de saberme amado, de saberme importante ante tus ojos y de redimirme en la verdad.

IV- UN CORAZÓN EN LLAMAS

1- Rompiendo el silencio

2- Amanecer

3- Volver al camino

4- Al saber que me amabas

5- Me amas

6- Al pasar la noche

7- El amor es especial

8- Ofertorio

9- Avec toi

10- Duele

11- Luz del mundo

12- Entrega total

13- El final

14- Bésame

15- Me gustaría

16- Dile

17- Si fuera tú

18- No vale

19- Christmas time

20- Dime tú

1- ROMPIENDO EL SILENCIO

Romper el silencio

Que sacude el alma,

Recuperando el recuerdo

Que me produjo adorarte.

Llevarte a la cima

Donde conocí el paraíso.

Volver a aquel piso

Donde calzó nuestra rima.

Romper el silencio

Que se produjo al marcharte.

Volver a quererte

Como aquel primer día.

Cuando en un grito de alegría

Se unieron nuestras almas

Y se produjo el milagro

Que Dios prometió en su día.

Y en el letargo del tiempo

Me he quedado sin guía;

En ese letargo del tiempo

Te extraño cada día.

Romper el silencio

Para volver a ser parte;

Sentirme osadía

En el día a día de mi suerte.

Romper el silencio

Para amanecer a un nuevo día.

Romper el silencio

Y volver a ser alegría.

2- AMANECER

Amanecer en la cama

Musitando tus besos

Recorriendo el camino

Que me llevó a ser eterno.

Amanecer en la cama

Repitiendo tu nombre

Profesando un silencio

Que cabalga en mi pecho.

Y volver a ser presente

En el momento preciso

Cuando tocabas el cielo

Y te volvías mi anhelo.

Y volver a ser poeta

Conjugando tu cuerpo

Escribiendo deidades

En el techo de tu piel.

Amanecer en la cama

Sonriendo desnudo

Imaginando tu cuerpo

Ser parte de mi mundo.

Amanecer en la cama

Añorando tus brazos

Rogando un abrazo

Que se funda en alma.

3- VOLVER AL CAMINO

Cada vez que miro atrás

Me doy cuenta que

Hemos cambiado el camino,

Que vamos en otra dirección

Que el corazón ha perdido su ilusión.

Cada vez que miro atrás

Me doy cuenta que

Hemos cambiado mucho,

La llama sigue ahí

Pero está a punto de apagarse.

Enséñame a enamorarte de nuevo.

Enséñame a ilusionarte otra vez.

Enséñame a volver al camino

Enséñame a renacer en tu amor.

Quiero volver a ser feliz a tu lado.

Quiero sentirme enamorado.

Quiero que me mires con ilusión.

Quiero que te sientas otra vez enamorada de mí.

Cada vez que miro atrás

Me doy cuenta que

Éramos felices tu y yo.

Que sonreíamos por cualquier cosa

Que al caminar como pareja

Era una experiencia sin igual.

4- AL SABER QUE ME AMABAS

Supe que me amabas

Al respirar tu nombre,

Al sentirte cerca,

Supe que me amabas.

Supe que me amabas

Al conjugar tu verbo,

Al tocar tus manos

Supe que me amabas.

Y en ese momento

Abrí mi alma

De par en par.

Y en ese instante

Se unieron las ganas

Y empezamos a volar.

Supe que me amabas

Y no lo dudé

Me entregué completo

Por la primera vez.

Supe que me amabas

Y nada me importó

Me sentí bendito

Al sentir tu amor.

Supe que me amabas

Cuando miré tus ojos

Se clavaron en mi alma

E iluminaron mi atardecer.

5- ME AMABAS

No te miento, hay un lamento;

No es un capricho lo que estoy sintiendo.

Me siento solo, solo y triste;

Me siento vacío, vacío y abandonado.

Señor... ¿Me amas?

A veces me pregunto

Y no encuentro explicación.

A veces en mi mundo

No existe la ilusión.

A veces en un segundo

Se me escapa la pasión.

Señor... ¿Me amas?

No sabes cuánto necesito

Escucharte alguna vez.

No sabes cuánto tiempo

Me he preguntado si existes.

La verdad... necesito sentirme amado.

Que tu presencia sea una realidad.

Necesito tu amor.

La verdad...necesito sentirme amado.

Que este pobre corazón sienta tu amor,

Estoy necesitando tu amor.

Estoy necesitándote de verdad.

Señor... ¡Escúchame!

Mi alma tiene sed de ti.

Señor... ¡Háblame!

Mi corazón quiere escucharte.

Necesito... saber que me amas.

Necesito...sentirme amado.

Señor... ¿Me amas?

6- AL PASAR LA NOCHE

Cuando pasas de noche

Y te veo caminar...

Las estrellas del cielo

Se reflejan en tu mirar.

Cuando pasas de noche

Y te veo suspirar...

Un deseo profundo

Me provoca hasta soñar.

Y en el corazón

Nace una ilusión

Que se vuelve bumerán

Como una canción de amor.

Y en el corazón

Brilla una ilusión

Que se vuelve mar

En tu mirar.

Cuando pasas de noche

Y te veo caminar...

El sonido del tiempo

Se transforma en un cantar.

Y en el corazón

suena una canción

Que habla de amor

Entre tú y yo.

7- EL AMOR ES ESPECIAL

¿Y si el amor se va?

Es porque no quiere compartir su caridad.

¿Y si el amor se va?

Es porque ha perdido su esperanza en continuar.

¿Y si el amor se va?

Es porque de pronto se ha encontrado sin hogar.

¿Y si el amor se va?

Es porque en su realidad ha muerto la ilusión.

El amor es especial

El amor...

Es un pequeño que necesita más y más.

El amor...

Es una flor con un encanto especial.

El amor...

No se puede ni se debe descuidar.

El amor...

Es un tesoro que no se puede ocultar.

El amor...

Es un gorrión con un canto celestial.

El amor...

Es un elixir del vivir.

¿Y si el amor se queda?

Es porque aún le quedan las ganas de luchar.

¿Y si el amor se queda?

Es porque aún tiene un hogar para soñar.

¿Y si el amor se queda?

Es porque no hay nada que le impida libertad.

¿Y si el amor se queda?

Es porque tiene todo, todo para triunfar.

El amor es especial.

8- OFERTORIO

Quiero ofrecer el fruto de mi día,

Mi alegría, mi tristeza,

Mi penar y mi corazón.

Quiero ofrecer el fruto de mi caminar,

Mis huellas y mis pasos;

El abrazo y mi ilusión.

Quiero darte lo más bello de mí.

El verso de mi alma

Y el canto de mi oración.

Quiero darte lo mas íntimo de mi ser,

La lágrima que me araña,

La cruz que llevo dentro.

Quiero ofrecerte el esfuerzo de mis manos,

El esfuerzo de mi hermano,

La calma de mi despertar.

Quiero ofrecerte el grito de mi corazón en llama,

La calve del silencio de mi cama,

El beso que negué en mi interior.

Quiero darte el color de mis canas,

La brisa de mis mañanas,

El deseo que aún te debo.

9- AVEC TOI

Je suis avec toi.

Depuis toujours,

Dans l'éternité,

Je suis avec toi.

Je suis avec toi.

Avant la conception,

Dans ton imagination,

Je suis avec toi.

Je suis avec toi.

Dans ton intimité,

Dans ton esprit,

Je suis avec toi.

Je suis avec toi.

Sans compromis,

Sans vie cachée

Je suis avec toi.

10- DUELE

¡Duele!

Tu silencio en la palabra,

El capricho de tu beso,

La mirada de tristeza.

¡Duele!

El sentimiento de soledad,

El dolor que tú no estás,

La bondad hablando de piedad.

¡Duele!

La sombra de tu prosa,

La nostalgia de tu abrazo,

El repaso de tu caso.

¡Duele!

La muerte en la indiferencia,

La cruz de la paciencia,

La voluntad de saber la verdad.

¡Duele!

Mirarme y descubrirme;

Pensarlo y saberlo;

Callarlo sin gritarlo.

¡Duele!

Profundo y fuerte... tu distancia.

11- LUZ DEL MUNDO

Ser luz del mundo

Para caminar en la claridad,

Para irradiar un poco de paz,

Para ofrecer más caridad.

Ser luz del mundo

Para ser presente en la eternidad,

Para ser silente en la humildad,

Para ser posibilidad.

Quiero ser, como tú.

Ser como tú, oír como tú;

Ver, como tú, amar como tú.

Ser luz del mundo

Para ser faro en la oscuridad,

Faro en la tempestad,

Faro en la tiniebla.

Ser luz del mundo,

Como tú.

12- ENTREGA TOTAL

¡Me he entregado a ti!

Como nunca lo imaginé.

Así, sin miedo a fracasar.

Así, sin temor a un final.

¡Me he entregado a ti!

A sabiendas que podría perder.

Así, por casualidad.

Así, sin necesidad.

Y fue, una entrega total.

Directo al paraíso de tu amor,

En la locura de tu amor.

Y fue, una entrega total.

Sin miedo y sin capricho, solo por amor.

En una decisión de amor.

¡Me he entregado a ti!

Con las manos abiertas en cruz.

Así, ofreciéndome por amor.

Así, abriendo mi corazón.

¡Me he entregado a ti!

Con los ojos cerrados y corazón.

Así, dichoso por buscar tu amor.

Así, amoroso cedido al amor.

13- EL FINAL

Cuando se apague la luz,

Espero estar en la presencia de mi Señor.

Espero estar ante la presencia de Jesús.

Cuando se apague la luz,

Cuando mi corazón deje de gritar,

Dichoso de estar entre mi gente y tu altar.

Cuando se apague la luz,

Quiero estar preparado,

Quiero estar en paz.

Cuando se apague la luz,

No habrá vuelta atrás,

No habrá más del caminar.

Cuando se apague la luz,

Quiero estar tranquilo,

Quiero estar en vilo.

Cuando se apague la luz,

Ojalá, siga teniendo fe;

Ojalá, siga estando de pie.

14- BÉSAME

Bésame y olvida todo.

Que estamos solos

Y nos amamos.

Bésame y entrega tu alma.

Sin miramientos,

Con sentimiento y con el corazón.

Nunca dejes de besarme.

Nunca dejes de expresarte.

Que estoy loco por ti.

Loco de amor.

Y tus besos me hacen falta

Porque tus besos son mi alimento.

Nunca dejes de besarme.

Nunca dejes de amarme.

Que estoy loco por ti.

Loco de amor.

Y tus besos me alimentan

Por que tus besos son mi universo.

Sólo, bésame.

Como haces con sentimiento.

Sólo, bésame.

Como me besas con el corazón.

Nunca dejes de besarme.

Nunca dejes de adorarme.

Que estoy loco por ti.

Loco de amor.

Y tus besos me confiesan

Por que tus besos son mi fresa.

15- ME GUSTARÍA

Me gustaría que me conocieras en el silencio,

Que en el tiempo ser el segundo siguiente,

Que en el poniente salir para ti.

Me gustaría cubrirme con tus besos cada mañana,

Despertarme en el silencio de tu cuerpo,

Convertirme en la mirada discreta.

Me gustaría atravesar la puerta de tu alcoba,

Deslizarme por el filo del deseo,

Callar en el celo de tu cama.

Me gustaría, que me incluyera en el léxico de tu corazón,

En la rima que nace de tu inspiración,

En la canción que canta tú amanecer.

Me gustaría olvidarme en tu vertiente,

Ser el silente que cabalga tus noches,

Ser el reproche de tu eco al amar.

Me gustaría ofrecerte mi mundo entero,

Ser el primero en robarte la razón,

Ser la pasión que te inunda tu universo.

16- DILE

Dile a él

Que no pare de seducirte,

Que no deje de conquistarte,

Que no se cansé de esperarte.

Dile a él

Que no se aburra de besarte,

Que no renuncie a buscarte,

Que no me ofrezca una oportunidad.

Dile a él

Que desde hace tiempo te deseo,

Que en la distancia te observo,

Que sólo espero que me abra la puerta.

Dile a él

Que eres un tesoro escondido,

Una llama gritando en el silencio,

Un deseo no correspondido.

Dile a él

Que le amas sobre todas las cosas,

Que en tu mundo eres una rosa,

Que no debe de olvidarse de enviarte prosas.

17- SI YO FUERA TÚ

Si yo fuera tú

Y estaría ahí,

Te juro que te amaría,

Amaría hasta la eternidad.

Si yo fuera tú

Y te viera ahí.

Correría a tu lado,

A tu lado para decirte: «amor».

Pero estoy lejos

Y no te tengo.

Y en mi alma

Aún te recuerdo.

Pero estoy lejos

Y aunque te espero,

Poco a poco, la esperanza

Se va diluyendo.

Si yo fuera tú

Y estaría ahí.

Te juro que te llamaría,

Te llamaría para decirte: «amor».

18- NO VALE

Lástima que después de tantos años amándonos,

Todavía, no nos conozcamos;

Todavía, estemos dudando.

Lástima que después de amarte tanto,

Sigamos de pie por comodidad,

Sigamos mirándonos por piedad.

Hoy no vale llorar,

No vale gritar,

No vale... reclamar.

Hoy no vale callar,

No vale lamentar,

No vale pedir perdón.

Nos acomodamos por no sé qué,

Nos acobardamos por complicidad,

Y seguimos en esta obligación.

Nos hicimos daño por placer,

Nos conformamos por indiferencia,

Nos acostumbramos al puede ser.

Lástima que dejamos de ser complicidad,

Dejamos de estar en el mismo lugar,

Dejamos de sorprendernos.

Lástima que no pudimos sostener el amor,

No pudimos aguantar el error,

No pudimos confiar en el amor.

Hoy no vale mirar atrás,

No vale querer volar,

No vale lamentar.

19- CHRISTMAS TIME

It's Christmas time!

It's time to love

Is love to someone?

Someone, you don't know.

It's Christmas time!

It's time for peace.

Is peace in the heart!

The heart needs love.

Christmas!

Is the better time in the word!

The better time to give the best of you.

Christmas!

Is the better time for the love!

The people need to love,

The world needs to love,

The time need to love.

It's Christmas time!

It's time to give,

To give the better of you.

20- ¿DIME TÚ?

No sé, corazón.

Pero yo, me he cansado de esperar.

Te he ofrecido mi amor,

Mi vida y mi caminar.

No sé, corazón.

Pero yo, ya no puedo esperar.

Necesito saber si quiere caminar,

Caminar a mi lado sin esperar.

¿Dime tú?

Si estoy equivocado,

Si estoy desesperado,

O quizás, tenga razón.

¿Dime tú?

Si estoy exagerando,

Si estoy manipulando

O quizás, no tengo razón.

No sé, corazón.

Pero necesito que me des una razón,

Que me des una esperanza para seguir.

Dime, ¿qué esta pasando?

V- MI RAZÓN DE AMAR

En la ausencia me sentí pequeño, chiquito y en un rinconcito. Decir te amo me costó tanto, reconocerte me cansó el alma y aceptarte volverme nada. Con Dios volví a la vida, yo que me encontraba muerto. Con Dios he vuelto a renacer estando en mi desierto. Su ausencia me recordó mi razón de ser, mi razón de existir, mi razón de amar. Hoy sólo deseo que me ames, como sabes amar y espero tu venida porque sé que vendrás. Mi alma está dispuesta, ansiosa y enamorada. Las dudas me mataban sin darme cuenta, las preguntas me inundaban y me ahogaban, la ausencia se hacía, cada vez, eterna. Queriendo amar, quise ser como tú. Ardiendo de gozo me entregué a tu amor. Hoy, mi razón de amar se llama...tú.

V- MI RAZÓN DE AMAR

1- CON DIOS TODO.

He podido comprobar

En su infinita misericordia

Que al recordar no soy, nada.

Nada más que un respiro de amor.

Con Dios, todo.

Sin Él, nada.

Con Él, sueño.

Sin Él, muero.

Con Dios tengo la vida.

La vida en abundancia.

Con Dios tengo la paz.

La paz en mi presencia.

Sin Dios, estoy perdido.

Perdido y abandonado.

Sin Dios, soy siervo herido.

Herido y abandonado.

Con Dios, tengo valor.

Sin Él muero de miedo.

Con Dios, soy valiente.

Sin Él, un simple cobarde.

Con Dios gano la eternidad.

La eternidad y la salvación.

Con Dios me vuelvo verbo.

Verbo y resurrección.

Con Dios, soy todo.

Todo en el amor.

Con Dios, me siento vivo.

Vivo, sólo, por su amor.

2-VOLVER A RECORDAR

Siempre, vuelvo a recordar

Cuando por el camino

Se me bajan las ganas,

Cuando mi vino

Se vuelve sin sabor.

Te recuerdo y al instante

Vuelvo a resucitar.

La sonrisa nace en mi rostro,

La brisa se vuelve verdad.

Respiro dichoso el recuerdo,

La magia se vuelve eternidad

Y por eso...

Siempre vuelvo a recordad.

Cuando mis pasos

Se vuelven fracasos,

Cuando mi voz,

No quiere ser voz.

Siempre, vuelvo a recordar

Que tengo prohibido renunciar,

Que hay algo eterno en mi verdad,

Que soy... un verso enamorado

Que el amor en mí no es casualidad.

3- DECIR TE AMO

Es fácil decir te amo en la distancia,

En la ignorancia de un presente,

En la vagancia de una mente,

En la posibilidad de mentir.

Es fácil decir te amo sin sentirlo

Queriendo ocultar una verdad,

Deseando no abrir una posibilidad,

Pensando que nada pasará.

Se ocultan muchos reclamos,

Se evitan malas palabras,

No se molesta la tranquilidad.

Se tapan algunas dudas,

Se obvian las casualidades,

Se puede la verdad ocultar.

Es fácil decir te amo sin mirar de frente.

Sabiendo que no te pueden descubrir,

Pensando que no lo sabrán,

Creyendo que es una pequeña mentira.

4- TU AUSENCIA

Las flores del jardín

Están de nuevo floreciendo

Y tú, brillas por tu ausencia.

Y tú vacío me grita dentro.

Y yo, aquí muriendo.

Muriendo y sediento... de tu amor.

El reflejo en el espejo

Me está gritando, cada vez,

Que estoy más viejo.

Y tú, te enojas en mi recuerdo.

Y tu cariño se vuelve eterno.

Y yo, aquí. Esperando vivo.

Añorando y deseando... tu amor.

El sol del horizonte

Me avisa que pronto se marchará.

El verso de mi alma me calma

Me invita a ser posibilidad.

Y tú, te demoras en volver.

Y yo, cargando tu ausencia.

Mi penitencia es esperar... por tu amor.

5- ¿QUÉ TANTO ME AMAS?

Gritas a sordos y ciegos

Que me amas,

Y que te mueres por mi amor.

Elevas tu voz en el desierto

Diciendo que me amas

Que soy la esperanza de vida

Que siempre esperaste.

Me amas, pero no me extrañas.

Me amas, pero no me respetas.

En tu meta no estoy para recibirte.

Me amas, pero me ocultas.

Me amas, pero me insultas.

Al negar que existo en tu caminar.

¿Qué tanto me amas?

¿Qué tanto tu amor es verdadero?

¿Qué tanto me amas?

¿Qué tanto tu amor es valedero?

6- RECORDAR ES VIVIR

Aún recuerdo mi viejo pueblo,
Que dormía al borde de una montaña,
Que soñaba con ser eterna mirada,
Que añoraba con ser posada.

Aún recuerdo mis playas amadas,
Que besabas mis pies de madrugada,
Que me consolaban la mirada,
Que nunca rechazaron mis lágrimas.

Aún recuerdo mis bellos volcanes
Queriendo, siempre, tocar el cielo,
Deseando ser eternos en el verso,
Muriendo en el recuerdo del universo.

Aún recuerdo a mis viejitos,
Esos seres que nunca me olvidaron,
Esas almas de mi pasado,
Esas flores que nunca se secaron.

Aún recuerdo mi querido río
Que jugaba a ser siempre impertinente,
Que se ocultaba como serpiente,
Que ofrecía vida en el presente.

7- SÉ QUE VENDRÁS

Dime...

¿Cuánto debo esperar?

La espera es larga y tediosa,

La espera se vuelve mentirosa.

¿Cuánto debo esperar?

Para tenerte frente a mí,

Para mirarte y sonreír,

Para sentirme feliz.

Dime...

¿Cuánto más debo esperar?

No sabes cómo deseo conocerte,

Tenerte y sentirte

Amarte y olvidarme.

¿Cuánto más debo esperar?

Para constatar que eres verdad,

Para comprobar mi realidad,

Para saber que no estoy soñado.

He atesorado tiempo

Para compartir contigo.

He musitado versos

Para abrigar tu trigo.

He callado vino

Para añejarlo en tu tiempo.

Sé que vendrás

Y no sé si te quedarás.

Ruego y deseo

Que al llegar encuentres

La verdad que buscas,

Que escuches la palabra

Que te llama,

Que sientas en tu alma

Que soy tu verdad.

8- ¡CÓMO QUIERO QUE ME AMES!

Nunca me has amado
Como lo hubiera deseado.
Apoyándome sin reservas,
Motivándome sobre la hierba,
Sosteniéndome bajo la lluvia.

Nunca me has amado
Como lo hubiera pensado.
Levantándome estando en el lodo,
Empujándome codo a codo,
Sacudiéndome si estoy muriendo.

¡Cómo quiero que me ames!
Mostrándome que soy importante,
Diciéndome que me comprendes,
Callando cuando estoy ausente.

¡Cómo quiero que me ames!
Sin levantar la voz, pero presente.
Sin mirarme feo, pero con amor.
Amándome, a pesar de todo.

9- LAS DUDAS MATAN

Hoy

Una sombra ha caído en mi alma,

Te vi sonriendo a otro hombre,

Sentí morir por dentro y en el silencio.

Hoy

Sentí que podía perderte

Mi muerte espiritual se volvió presente.

Pensé renunciar y volví hiriente.

Hay dudas que me matan

Que me consumen dentro,

Un universo se vuelve eterno

Y en lo tierno, lloro de amor.

Hay dudas que me matan

Porque mi amor se siente herido,

Porque hay un grito en lo querido

Y caigo, en desventaja por amor.

Hoy

Las dudas abren puertas y ventanas,

Por la mañana, no sabré qué hacer...

Las dudas me queman como llamas.

10- NO ME DI CUENTA

¡Detén el tiempo Señor!

Que quiero gozar mi vida,

No quiero correr en prisa,

No quiero perderme de nada.

¡Detén el tiempo Señor!

Me he dado cuenta de su valor,

Me he dado cuenta de su importancia,

Hoy he descubierto lo que soy.

No me di cuenta

Que la vida era un regalo de amor,

Que la familia era un pozo de caridad,

Que la bondad nace en el que da.

No me di cuenta

Que dando era que se recibe más,

Que ayudando era que te ayudabas,

Que siendo era más que estar.

¡Detén el tiempo Señor!

Hoy que no me queda tanto por vivir.

Perdóname por no aprender a vivir.

Detén el tiempo aunque ya no pueda existir.

11- EL BRILLO

Un brillo de esperanza

He visto en sus ojos,

El amor de Dios

Está en su corazón.

He visto en su mirada

El verso de mi amada.

El canto enamorado

Del que se siente amado.

He visto el brillo del amor

Rondando las arcas de mi mundo,

Musitando la voz de corazón,

Construyendo un castillo en mi interior.

El brillo del amor

Ha tocado mi vida,

Es el beso de Dios

Que se ha posado en mi ser.

12- HÉROS DE VIE

Il y a des jours,

Où je suis contant,

Je suis debout prêt á foncer,

Prêt á devenir héros de vie.

Respirer jusqu'au fond,

Regarder tout les couleurs,

Marcher sans arrêter,

Prêt pour défendre ma liberté.

Héros de vie

Pour gouter l'amour de Dieu,

Pour trouver la foi en moi,

Pour conquérir ma solitude.

Héros de vie

Pour chanter dans lumière,

Pour crier que suis gâter,

Pour aimer sans être aimer.

Il y a des jours,

Où je suis un vrai champion,

Héros de vie

Simplement, en étant moi- même.

13- Y ASÍ PODER AMARTE

Poder amarte

Sin miedo a gritarlo,

Sin miedo a las miradas,

Sin miedo a mí mismo.

Poder amarte

Ofreciéndome en vida,

Caminando a tu lado,

Siendo soldado en el amor.

Amarte

Siendo el lucero que amanece en tu cielo,

Siendo el deseo que se eterniza en tu pelo,

Siendo el rubor de tu rostro sin celo.

Amarte

Cuando la tormenta arrasa tu mundo,

Cuando la calma está llena de preguntas,

Cuando el yugo se vuelve verdugo.

Y así poder amarte

En la sombra sin renunciar a tu mirada,

En la playa como sol mirándote la espalda,

Como brilla la caída en la nada.

14- SER COMO TÚ

Enséñame a ser cómo tú.

Piadoso,

Consecuente,

Sabio en el amor.

Enséñame a ser cómo tú.

Bondadoso,

Presente,

La imagen del amor.

Enséñame a ser cómo tú.

Sincero,

Honesto,

Un canto de amor.

Enséñame a ser cómo tú.

Misericordioso,

Amoroso,

Fiel al padre.

Enséñame a ser cómo tú.

Sin miedo a la verdad,

Amante de la libertad,

Solidario en el amor.

15- SI NO CREES

Si no crees en mí.

Mira mis obras,

Mírate a ti.

Tú eres mi mejor creación.

Si no crees en mí.

Mira tus ojos,

La belleza del creador frente a ti.

Mira u boca,

Las delicias de tu voz al hablar.

Mira tus oídos,

Hay sinfonía a tu alrededor.

Si no crees en mí.

Mira mis obras,

Mírate a ti.

Tú eres mi mejor creación.

Mira tus pies,

Tus huellas hablan de tu pasado.

Mira tus manos

Son la expresión de caridad.

Mira tu cuerpo,

Es un puerto dónde se puede llegar.

16- QUERIENDO AMAR

Queriendo amarte

Me tirado en el mar

Y sin poder nadar;

Me he escapado a ahogar

Muerto de miedo y plena tempestad.

Queriendo amarte

He aprendido a nadar,

A ser valiente,

Eterno y a amar la libertad.

Queriendo amarte

He conocido mis alas

Y en el viento me he vuelto sentimiento;

He sentido el poder

De ser lo que nunca pensé ser,

Un silente lleno de esperanza,

De vida y de amanecer.

Queriendo amarte

Me he vuelto estandarte,

Un verbo errante

Queriéndose pronunciar.

17- ME ROBARON

¿Quién me robó el amor de mi vida?

Aquel que me hacia soñar,

Aquel que me hacia sonreír,

Aquel por quién luché hasta morir.

¿Quién me robó el amor de mi vida?

Hoy me he despertado con las manos vacías,

Hoy me dado cuenta de lo que valías,

Hoy me arrepiento de no ser melodía.

¿Quién me robó el amor de mi vida?

¿Cómo sucedió?

¿Qué fue lo que pasó?

¿Quién se atrevió?

¿Quién me robó el amor de mi vida?

¿Quién me lo cambió?

¿Cuándo pasó?

¿Quién le ayudó?

¿Quién me robó el amor de mi vida?

Aquel que me iluminaba mientras caminaba,

Aquel que me endulzaba mientras me adoraba,

Aquel que se sentó en mi mesa mientras cenaba.

18- EL CAMPESINO

Va pasando, sin mirar,

El campesino no lleva prisa;

Más, sin embargo, en su caminar

La necesidad de su hogar

Le invita a continuar.

Va callando y pensativo,

El campesino tiene un motivo,

Hoy, en su casa,

Pronto llegará

Otra boca más que alimentar.

Y el campesino pone su esfuerzo,

Deja ante Dios

El pan de cada día.

Y el campesino se entrega entero,

Da todo su amor

por el bien de los que ama.

El campesino en su humildad

No pide nada

Sólo que Dios le dé dónde trabajar.

19- ARDIENDO DE GOZO

Esta mañana, mi corazón,

Está ardiendo de gozo.

Una ilusión se ilumina en mi interior,

Hay una oración que canta de amor.

Esta mañana, mi corazón,

Esta bailando en un pie.

Un sentimiento rebalsa de emoción,

Es una canción que habla de amor.

Quiero gritar

Y el grito se ahoga dentro,

En mi silencio

Hay música que alegra mi alma.

Quiero cantar

Y mi canto se pierde adentro,

El verso, como beso,

Se aferra al deseo de mi canción.

Esta mañana, mi corazón,

Está sediento de amor,

Se ofrece al viento,

Como poeta en devoción.

20- NUESTRO AMOR

Si tú me amas, como yo te amo.

Yo sé que nuestro amor será verdad.

Si tú me amas, como Dios manda.

Yo sé que nuestro amor sobrevivirá.

Nuestro amor

Puede ser realidad,

En un mundo

Que se niega al amor.

Nuestro amor

Puede triunfar

Si, ambos,

Creemos en el amor.

Nuestro amor

Puede ser verdad,

Si Dios

Nos da su bendición.

Si tú me miras, como te miro.

Nuestro amor va camino a la eternidad,

Nuestro amor esta sellando una verdad,

Nuestro amor es signo de Dios.

VI- QUERIENDO Y DESEANDO

Soy aquel beso enamorado que se quedó en el pasado, que sigue equivocado esperando un amor que no vendrá. Queriendo y deseando me encuentro preso, ilusionado y atrapado en un laberinto sin verdad. Quise ser tu deseo, mostrarme en las obras y no en las palabras, no me importaba nada, no había miedos ni veladas. Y así te amé, como se ama su canción favorita, como se da de comer en la mano, como sin regaño se acepta una equivocación. Nuestro amor fue siempre así, sin esperanza y en indecisión, sin saber por qué te vas, sin esperar la decisión si volverás. Fuiste mi amada en una invitación especial, te pedí que me aceptaras tal como soy y en el espíritu me dejaras mostrarte mi amor. Sé que faltaron cosas por decir, cosas por mostrar y cosas por experimentar. El tiempo se nos fue y hoy, me he quedado queriendo y esperando.

VI- QUERIENDO Y AMANDO

1- Debo decirte adiós

2- Quiero ser tu deseo

3- Soy

4- Obras no palabras

5- No pidas perdón

6- Invítame

7- No importa

8- Miedos

9- Y si...

10- Amar

11- Mi favorita canción

12- Nuestro amor

13- Siempre así

14- Esperanza e indecisión

15- ¿Por qué te vas?

16- Amada mía

17- Una fiesta en tu honor

18- Acéptame como soy

19- Espíritu Santo

20- Faltan cosas

1- DEBO DECIRTE ADIÓS

Hoy,

Debo decirte adiós.

¡Adiós, mi amor!

Te deseo lo mejor,

He comprendido

Tarde, quizás,

Que el amor no se puede obligar.

He comprendido,

A mi pesar,

Que el amor vive en libertad.

Que es mejor retirarse

Y dejar un bonito recuerdo

Que quedarse

Obligado o por compromiso.

¡Debo decir adiós!

Sin miedo a perderte,

Porque no se pierde

Lo que no es tuyo.

Sin miedo a verte de frente

Porque en el presente

No vale el orgullo.

Sin aferrarme a lo que no me conviene,

Sin retener lo que no quiere quedarse.

¡Debo decir adiós!

Por mi salud mental,

Por mi corazón y lealtad.

Porque odio se molestia en lo cotidiano,

Porque ser mal recuerdo es fastidioso,

Porque siendo cuerdo no me puedo mentir.

¡Debo decir adiós!

Antes de que tú me lo digas.

Antes de que se llegue al final,

Antes de que nos fuerce la verdad.

¡Debo decir adiós!

¡Adiós, mi amor!

2- QUIERO SER TU DESEO

Quiero navegar libremente

En el mar de tu cuerpo,

Ver las estrellas en el cielo de tus ojos

Y sentirme bajo el firmamento al hacer el amor.

Quiero caminar el sendero

Que me lleva al anhelo,

A la esquina del umbral del deseo,

Donde anida tu fuente divina,

Donde nace tu necesidad.

Quiero y lo deseo

Sin miedo a arrepentirme,

Ser el velero que lleva

Al tesoro de tu corazón.

Quiero y deseo

Sin temor a ser engreído,

A ser el elegido

Del capricho de tu corazón.

Quiero componer la melodía

Que brota del eco de tu callar,

Que grita por dentro una intimidad.

Ese deseo que arde fuerte

Que te impulsa a ser deidad.

3- SOY

Soy la parte de la verdad

Que no puedes negar,

Soy el beso de la vida

Que, siempre, te hará sonreír.

Soy el eco del pasado

Que te recuerda que fuiste mía.

Soy la melodía

Que te canta cada amanecer.

Soy y seré

Pasado y presente;

Esa fuente

De la que bebes amor.

Soy y seré

Ese beso en la frente

Que te recuerda quién soy.

Soy el verdugo de tu alma

Cuando me quieres negar.

Soy lo que me nos quieres que sea,

Esa frontera que te hace soñar.

Soy el lucero en el silencio

Que brilla en tus ojos al recordar.

Soy esa luna enamorada

Que cuelga en la esquina del querer.

Soy la aventura de una noche

Que sin reproche te llevo a navegar.

Soy el frío de tu cuerpo

Que te avisa cuando deseas amar.

Soy el trigo del ombligo

Que vio tu luz al atardecer.

4- OBRAS NO PALABRAS

Me dices que me quieres

Y haces lo contrario;

A diario, prometes y prometes;

Arremetes con tanta impunidad.

Me dices que me amas

Y las acciones te traicionan.

Mencionan lo que sientes, lo que amas;

Y hasta en la cama, lo haces al soñar.

Siempre, te quedas en promesas,

En tu mesa, sólo, hay pavesas.

Siempre, te quedas en vanidades,

Las verdades, siempre tienen la razón.

Me dices que me quieres

y siento que no es verdad.

Porque con una la haces

Y con la otra la deshaces.

Tu amor, siempre, me deja

En la bandeja algo que no es verdad.

No me digas que me quieres,

No me digas que me amas,

Mejor hazlo sin hablar,

Mejor obras y no palabras.

Las palabras se las lleva el viento,

Las obras quedan en el cimiento.

No me digas que me quieres,

No me digas que me amas,

Mejor hazlo sin decir nada,

Las obras tienen cara de verdad.

5- NO PIDAS PERDÓN

No me pidas perdón

Porque el perdón

Es cosa de Dios.

Y en mi interior

No hay espacio para ese error.

No estoy preparado,

Me siento muy donado,

Tengo el corazón en pedazos,

Aquel lazo que nos unió se rompió

Y en este momento,

No tengo fuerzas para perdonar.

No me pidas perdón

Porque el perdón

Es cosa de Dios.

En mi corazón,

Sólo, tengo rencor,

Hay algo que me está quemando,

Me está consumiendo,

Y en este momento,

Sólo, deseo que sufras como yo.

No te puedo perdonar,

No te quiero perdonar,

Pero, sin embargo, se lo dejo a Dios.

No sé si te quiero perdonar,

Porque me siento herido,

Porque me siento ofendido,

Frustrado, acabado

Y con deseos de hacerte sufrir.

Porque entregué mi amor

A alguien que no lo merecía.

¡No te puedo perdonar!

6- INVÍTAME

Invítame

A demorar en la esquina de mi alma,

A ser la calma en tu corazón,

A ser pasión en tu devoción,

A ser canción en tu recordar.

Invítame

A ser jilguero en tu pecho

Y en tu lecho cantar bajito,

Siendo capricho de tu ilusión,

Siendo verdad en tu mirar,

Siendo piedad en tu caminar.

Invítame

A ser lucero en tus madrugadas,

A ser posado en la quebrada,

A ser llamada en tu cama,

A ser la dama de una canción,

A ser la mejor versión en tu corazón.

Invítame

A permanecer callado en tu boca,

A ser lo que provoca pasión y acción;

A ser intuición en tus miedos,

Y en el deseo callar desnudo,

Siendo escudo de tu caminar.

Invítame

A demorar bajo tus sábanas,

A consumir de tu mirada,

A disfrutar del verbo en flor.

Invítame

A construirte un paraíso,

A descubrir en lo preciso,

A ser lamento por no alcanzar la pasión.

7- NO IMPORTA

¡No me importa el qué dirán!

Si mi amor es correspondido,

Si mi amor es un dulce querido,

Si mi amor vale la pena pelearlo.

¡No me importa el qué dirán!

Si yo estoy convencido,

Si yo estoy confesado,

Si el pasado ya está olvidado.

¡Qué digan, lo que digan!

Total, esto es cosa de dos.

Total, el amor es de dos.

Total, sólo, importa a los dos.

Y si lo bendice Dios,

Nuestro amor es el ganador.

Y si lo acepta Dios,

Nuestro amor no tiene comparación.

¡Qué digan, lo que digan!

Al final, lo importante es el amor.

Al final, lo especial es este amor.

Al final, el amor es el vencedor.

8- MIEDOS

Tengo miedo

De aceptar que ya no me amas

Que en la cama, prefieres,

Estar sola que acompañada.

Tengo miedo

De aceptar que me has estado alejando

Que, de vez en cuando, me has mentido

Sin sentido me has regalo pizcas de amor.

Tengo miedo

De saberme todavía enamorado,

Que vivo aferrado a un frágil pasado,

Condenado a un amor no correspondido.

Tengo miedo

De que el dolor me consuma dentro,

De ser lamento al pie de un quizás,

De mutilarme a querer retenerte.

Tengo miedo

Y la soledad me baña el recuerdo,

Me encadena a lo querido,

Y en el olvido, vivir queriéndote.

9- Y SI...

Y si, me pide de pronto
Que la saque a bailar,
Yo no soy un trompo
Que baila en un pie.

Esa chica me encanta
Tiene un ritmo endiablado
Que seduce mi cuerpo
Y me tiene encantado.

Esa chica es hermosa
Tiene un cuerpo divino,
Me parece una diosa
Puesta en mi caminar.

Y si me pide de pronto
que le invite una bebida,
me volvería enseguida
un repartidor de amor.

Y si me mira de pronto
Con esos ojos divinos,
Me convierte en borrego
Entregado a su amor.

Y si viene hacia mí

Con ese andar de princesa,

Me convertiría en ese príncipe

Que busca para ser una diosa.

Esa chica me fascina

Tiene algo muy especial,

Un aura celestial

Que a mis ojos la vuelve inmortal.

10- AMAR

Amo, el momento,

Cuando el sol se posa en tu mirar,

Cuando la brisa te acaricia suave,

Cuando el ave del amanecer te besa de repente.

Amor, el momento

Cuando el silencio se vuelve presente en tu pensar,

Cuando el viento me dice que eres verdad,

Cuando en la soledad, te vuelves intimidad.

Amo, el momento,

Que un brillo en tus ojos habla de mi,

Que una sonrisa maliciosa algo me quiere decir,

Que un gesto coqueto se convierte en colibrí.

Amo, el momento,

Que se disimula entre las lágrimas de amor,

Que deambula entre los besos del perdón,

Que transmite un deseo de corazón.

Amo, el momento,

Que se vuelve divino en nuestro caminar,

Que se vuelve camino al recordad,

Que se clava en la nada de tu mirar.

11- MI FAVORITA CANCIÓN

Estás en las notas de mi guitarra,

En la melodía de mi sentir,

En la cigarra que canta bajito,

En el versito que se vuelve canción.

Eres mi favorita canción,

Esa melodía que en mi vida

Se vuelve vida,

Se vuelve ilusión.

Eres mi favorita canción,

Esa sinfonía que cada día

Se vuelve alegría

En las aspas de mi corazón.

Amo esta canción

Porque me vuelve eterno,

Porque me vuelve bueno

Y te hace ilusión.

Amo esta canción

Porque me hace vivir,

Me vuelve existir

Y me lleva directo al cielo.

12- NUESTRO AMOR

En alguna parte tú estás

Esperando por mí.

Mientras tanto yo,

Sigo esperando por ti.

Sigo suspirando por ti.

Sigo añorando tu amor.

En alguna parte tú estás

Esperando por mí.

Mientras tanto el mundo

Sigue girando sin fin.

Sigue musitando tu voz.

Sigue guiándome hasta ti.

Y aunque no lo sepas,

Nuestro amor

Un día nos unirá,

Nuestro amor

Un día será realidad.

Nuestro amor

Es bueno, es puro

Y emana de Dios.

En alguna parte tú estás

Y yo sigo esperando por ti.

Desafiando la distancia y el tiempo;

Madurando poemas y versos;

Ignorando dolor y sufrimiento.

Suplicando verte,

Sentirte y amarte.

13- SIEMPRE ASÍ

Y si tú me miras con ojos de enamorada

En mi almohada

Siempre, tendrás una morada,

Siempre, serás bienvenida.

Y si tú me miras con deseo y pasión.

En el corazón

Abrirás un verso de amor,

Construirás un castillo en el cielo.

¡Mírame!

Siempre, así.

Así, mostrándome el alma;

Así, deseándome fuerte;

Así, enamorándome dentro.

¡Mírame!

Siempre, así.

Así, conquistándome dulce;

Así, amándome tierna;

Así, queriendo ser eterna.

Y si tú me abrazas con ternura.

En mi llanura

Se escuchara una linda canción,

Se iluminara una dulce ilusión,

Se vestirá mi tierra de bendición.

Y si tú me hablas de esa manera.

No hay bandera

Que se ice con tanta devoción,

Que se mira con pura pasión,

Que se sienta en el corazón.

¡Mírame!

Siempre, así.

Callada, sin decirme nada;

Bendita, en mi agua sagrada;

Dichosa, sabiéndote diosa.

14- ESPERANZA E INDECISIÓN

Entre la esperanza y la indecisión

Te pillé, mirándome desconcertada,

Sonreíste, suavemente,

En mi mente creaste una canción.

Te pillé, mirándome callada,

Tu mirada reflejaba devoción,

En mi corazón murmuro una ilusión.

Nuestros ojos se cruzaron

Y en un breve lucero

Se abrió un libro nuevo.

Quise conocerte,

Quise descubrirte

Y en un primer momento,

Te negaste sin saber por qué.

Sin embargo,

Nada estaba perdido,

Un silencio divino

Me advirtió que no era la ocasión.

Discretamente

Me sonreíste diciéndome en otra ocasión.

Y mi corazón,

Se volvió un pequeño gorrión.

15- ¿POR QUÉ TE VAS?

De nada sirvieron tantos años a tu lado.

Si al final de cuentas, tú te vas.

De nada sirvieron tantas noches y días.

Si al final de cuentas, tú te vas.

¡Y te vas!

¡Como si nada!

Dejando todo, casa y almohada.

¡Y te vas!

¡Sin decir nada!

Como si todo estuviera aclarado.

De nada sirvió haber dado mi vida.

Si enseguida, tú me dices que te vas.

De nada sirvió haber construido una casa.

Si en una brisa, lo tiraste a la basura.

¡Y te vas!

¡Sin cerrar la puerta!

Dejando abierta una herida.

¡Y te vas!

¡Sin darme respuestas!

Preguntas se quedan pidiendo la cuenta.

¿Por qué te vas?

Si ni tú, tienes las respuestas.

16- AMADA MÍA

Amada mía,

Si algún día tú me llamas.

Quiero que sepas

Que aún guardo tu alegría.

Y en mi cama

Tu melodía sigue siendo calma.

Amada mía,

Si algún día me reclamas.

Quiero que escuches

Lo que guardo en mi alma,

Un sentimiento

Que no es lamento

Sino un grito en mi calma.

Amada mía,

Te recuerdo que aún vives mi.

Como escarcha bendita,

Como verdad infinita,

Como lucero de amor.

Amada mía

Te recuerdo que aún no te he olvidado.

Sigo estando atado a ti voluntad.

17- UNA FIESTA EN TU HONOR

Me has invitado Señor

A una fiesta en tu honor

Dónde serás el cordero,

Dónde serás ofrecido

Para nuestra liberación.

Bienvenido a los invitados

A la fiesta del amor.

Bienvenido a los que respondieron

A la invitación del amor.

Bienvenido a los presentes,

Que han escogido ser comunión.

Escucharemos a los profetas

Hablarnos de nuestro Dios.

Acompañaremos a los sacerdotes

Elevando nuestras plegarias de amor.

Alabemos a nuestro Padre,

Demos gracias por todo su amor.

Glorifíquenos a su Espíritu

Está presente en el altar.

Santo es Jesús

Pasado, presente y futuro.

Gloria a Cristo Jesús

El ungido para la salvación.

Gloria al Espíritu de amor

Que es vida y liberación.

Gracias Señor por esta invitación.

Gracias Señor por tomarme en cuenta

Gracias Señor por hacerme comunión.

Aleluya

Aleluya

Saldré a difundir tu verdad

Eres vida, camino y salvación.

Aleluya

Aleluya

Hoy seré la voz de tu amor,

Tu imagen ante los demás.

18- ACÉPTAME COMO SOY

Señor,

Acepto que no soy perfecto

Que miento más de la cuenta,

Que al final de cuentas, soy imperfecto.

Señor,

Confieso que peco mucho

Que mis faltas de amor son demasiado

Que de mi pasado me siento avergonzado.

¡No te quiero mentir!

¡No te quiero engañar!

Soy impuro, vanidoso y orgulloso.

¡No pretendo ser más de la cuenta!

¡No quisiera tratar de evadirte!

Soy pequeño, envidioso y traicionero.

¡Acéptame tal como soy!

No puedo ofrecerte otra cosa,

Mi corazón está agobiado,

Cansado y herido.

¡Acéptame tal como soy!

Y con tu ayuda, quizás, cambiaré.

Y en tu presencia, creo que mejoré.

¡Acéptame tal como soy!

En mi pequeñez prometo mejorar,

En mi estupidez podría ser alguien más.

¡Acéptame tal como soy!

Señor,

Sólo en ti, podría cambiar.

19- ESPÍRITU SANTO

¡Ven Espíritu Santo!

Ilumina mi corazón,

Pacifica mi caminar,

Lléname de paz.

¡Ven Espíritu Santo!

Consuela mi pena,

Anima mi condena,

Abraza mi despertar.

¡Ven Espíritu Santo!

Allana este dolor,

Aplana este rencor,

Tranquiliza mi desilusión.

¡Espíritu Santo!

Dios del amor,

Dios de la fuerza,

Dios de la pasión.

¡Espíritu Santo!

Dios de la verdad,

Dios de la reconciliación,

Dios, vida eterna.

20- FALTAN COSAS

¡No hay nada que decir!

¡Nada que discutir!

Las palabras se han quedado quietas,

En la banqueta se mueren en la eternidad.

¡No hay nada que decir!

¡Nada que reclamar!

Nos da lo mismo hablar que callar,

Ya no importa lo que pensemos los dos.

¡Aún faltan cosas que decir!

Cosas que aclarar

Una relación no se puede tirar por tirar,

Hay cosas que se pueden rescatar.

¡Aún faltan cosas que decir!

Cosas que alimentar.

Quizás, con un poco de amor y pasión,

Otra cosa podría pasar.

No nos demos por vencido

Tan fácilmente,

Lo importante se tiene que luchar,

Si hay cosas que decir, tenemos que hablar.

VII- DÁNDOME EN EL PECHO

No me di cuenta del amor que tenía, de la bondad que me ofrecías, del silencio de tu corazón. Si supieras que deseo un poco de ti, algo para saciar mi necesidad de ti, algo para apagar la llama que me reclama, algo para ilusionar de nuevo mi caminar. Dándome en el pecho, me reclamo dentro, me insulto feo y me obligo a pedir perdón a mi corazón. Amarte así, me recuerda que el amor me ha olvidado, me ha dejado mirando al pasado, consultando el reloj de mi desesperación. La luna, ilumina mi pueblo querido, la senda del olvido y las montañas de mi soledad. A pesar de mi, estoy volando bajo, rasgando triste, penando en el amor. A pesar de ti camino en el desencanto, en el llanto de una pena y en la condena de vivir sin tu amor. Camino en el calvario de mi vida, en mi misa pido ser querido y en mi comunión deseo estar contigo. Dándome en el pecho prometo no volverlo hacer.

VII- DÁNDOME EN EL PECHO

1- Un poco de ti

2- Si supieras

3- No ha sido suficiente

4- No me di cuenta

5- El amor me ha olvidado

6- Amarte así

7- Luna

8- Amar a mi pueblo

9- Envejecer

10- Tu error

11-No quiero

12- Hay momentos

13- And despite

14- Volando bajo

15- no me trates así

16- Sobre el altar

17- Camino al calvario

18- Ser apreciado

19- Hoy en la misa

20- Dímelo

1- UN POCO DE TI

Dame un poco de ti,

Algo para existir

Dame incluso lo que te sobre,

Con eso me basta para sobrevivir.

Toma mi mano,

Mírame a los ojos,

Dime que me amas

Y llévame al infinito.

Toma mi palabra,

Súbeme en tu alma,

Cúbreme el momento,

Déjame en tu silencio.

Dame un poco de ti,

Algo para vivir,

Algo que me sustente

Que me ayude a morir.

2- SI SUPIERAS

Yo quiero que me ofrezcas tu mundo

Para iluminarlo con el amor

Que te hace falta.

Para alegrarlo con el canto

De cada mañana.

Yo quiero que me ofrezcas tu vida

Para darle un gozo eterno

Que te haga sonreír.

Para darte un motivo sincero

Que se vuelva eterno.

Si supieras

Que yo puedo hacerte feliz.

Si supieras

Que nunca más te sentirías sola.

Si supieras

Que nunca más habrá tristeza en tu alma.

Yo quiero que me ofrezcas tus sueños

Para subirme con empeño y devoción

Para volar en tu mirar.

Para abrazar tus ideales con mi pasión

Y convertirlos en una canción.

3- NO HA SIDO SUFICIENTE

Quizás, estés decepcionada de mi amor.

Quizás, no he llenado tus expectativas.

Quizás, esperabas otra cosa de mí.

Según tú,

El castillo que e imaginabas nunca llegó,

La fortuna que acumularías nunca se dio

Y del amor, siempre, te quedé a deber.

Según tú,

Sólo te he dado decepciones,

Sólo has tenido desilusiones

Y mi amor, no ha sido suficiente.

Según tú,

Mis promesas no se han cumplido,

Mis palabras han quedado en el olvido

Y mi amor, no ha sido lo que esperabas.

En cambio yo,

Te he dado todo mi amor,

Te he construido lo que he podido

Y si te prometí amor, te lo he dado con creces;

Pero parece que no ha sido suficiente.

4- NO ME DI CUENTA

¿Qué pasó aquí?

Que no lo vi.

No me di cuenta cuando pasó.

Pero pasó

Porque estoy solo.

¿Cuándo me abandonó el amor?

¿Cuándo se apagó la luz?

¿Cuándo comencé a caminar solo?

¿Qué pasó aquí?

Que no lo vi.

No me di cuenta desde cuando pasó.

Pero, pasó

Porque me encuentro solo.

¿Por qué el amor me abandonó?

¿Por qué el amor se alejó?

¿Por qué el amor dejó de amar?

Aún no lo sé,

Pero me lo imagino.

Aún no lo sé,

Pero estoy varado en el camino.

5- EL AMOR ME HA OLVIDADO

Una paloma blanca pasó a mi lado,

¿A dónde va?

Yo no lo sé.

Un caballo blanco pasó a mi lado.

¿A dónde va?

Yo no lo sé.

Una mujer de blanco pasó a mi lado.

¿A dónde va?

Yo no lo sé.

¿Por qué el amor a mi me ha olvidado?

¿Por qué el amor de mi se ha alejado?

¿Por qué el amor, siempre, pasa de lado?

¿Qué debo hacer para que sea presente?

¿Qué debo hacer para que se digne a verme?

¿Qué debo hacer para que se quede a mi lado?

Una mirada dulce pasó a mi lado.

Ni me miró, yo no lo sé.

Una sonrisa alegre pasó a mi lado.

No me sonrió, yo no lo sé.

6- AMARTE ASÍ

Yo quiero mirarte así.

Sí, como mira el amor.

Que hoy quiero darte a ti.

Yo quiero amarte así.

Sí, como ama mi Dios,

Sin miedo a la razón.

Quiero amarte así,

Quiero entregarme todo,

Poniendo pecho y corazón.

Quiero amarte así.

Quiero abrirte mi alma,

Con ojos de ilusión.

Yo quiero entregarme así.

Sí, como se entrega el verso,

Poniendo alma y sentimiento.

7- LUNA

Se cayó mi luna
Esa que admiraba tanto,
Se cayó de mi trono
Y quedé como un tonto.

¡Luna, mi adorada luna!
Consuelo de mi alma,
Motivo de mi esperanza.

¡Luna, mi adorada luna!
Sueño enamorado,
Ilusión de mi corazón.

¡Luna!
¿Dime qué pasó?
¡Luna!
¿Por qué te has marchado?
¡Luna!
No ves que estoy enamorado.

¡Luna, mi preciosa luna!
¿Dónde te has metido?
¿Quién te ha robado?

8- AMAR A MI PUEBLO

¡Cómo no amarte con todas mis fuerzas!

Si te tengo arraigado en mi pecho,

En mi sangre corre tu sufrimiento

Y en mi corazón palpita tu pasión.

¡Cómo no amarte con todo mi ser!

Si en la distancia muero sin querer,

Si en mi lamento ondea tu bandera

Y en mi trinchera lucho por no olvidarte.

Herido y abandonado

Te amo tanto pueblo querido.

Pequeño, pero grandioso;

Risueño y maravilloso,

Mi pueblo, pueblo amado.

Sufrido y agradecido

Te amo tanto pueblo querido.

Vestido y alborotado,

Amado y olvidado,

Mi pueblo, pueblo amado.

¡Cómo amarte con todas mis fuerzas!

Si te tengo desde mi nacimiento,

Si amo como el universo

Y te extraño como un amor en verso.

Amado y conquistado

Te amo tanto pueblo querido.

Sentido y bendecido;

Callado y enamorado

Mi pueblo, pueblo querido.

9- ENVEJECER

Envejecer,

Con la mirada puesta en el horizonte,

Con la mente clavada en el presente,

Murmurando una canción de amor.

Envejecer,

Sin miedos ni lamentos en tu alma,

Sin rencores ni frustraciones en tu cama,

Aceptando la vida tal cual es.

Envejecer,

No s para cualquiera,

Es sólo para los fuertes,

Sólo para los valientes.

Envejecer,

No es para los débiles,

Porque se quedan en el camino,

Porque terminan sin destino.

Envejecer,

Aceptando que la juventud pasó,

Aprendiendo a caminar lento,

A despedirse como si fuera la última vez.

Envejecer,

Sonriéndole a la vida por ser vida,

Aceptando que se ha sido feliz,

Que nada ha pasado por casualidad.

10- TU ERROR

¡Cómo yo te quise!

Nadie te querrá.

Este amor es demasiado grande,

Este amor es difícil de igualar.

¡Cómo yo te amé!

Nadie te amará.

Mi forma de amar es especial,

Mi forma de querer es casi inmortal.

Un día, te darás cuenta del error.

Cuando sientas vacío en tu alma,

Cuando cuentes las noches sin palabras,

Cuando estés sola en la habitación.

Tu error

Fue no tomarme en serio.

Tu error

Fue creer que yo era tuyo.

Tu error

Fue no amar igual.

Tu fracaso fue no saberme amar,

Tu equivocación fue creerte mar,

Tu soberbia fue pensar que no podría sobrevivir.

11-NO QUIERO

Yo no quiero ser

La piedra en el zapato de tu amor.

Yo no quiero ser

El pelo en la sopa de tu querer.

Yo no quiero ser.

Basura en el iris de tus ojos.

Por el contrario,

Quiero ser.

Perfume agradable en tu corazón,

Quiero ser

Velero en el mar de tu pasión.

Quiero ser

La estrella en tu universo.

Por el contrario,

Quiero ser

Motivo de la espera en el vendrá.

Quiero ser

Testigo de un amor a imitar.

Quiero ser

Silueta de un poema a recitar.

Yo no quiero ser

Ese que tus ojos no quieren ver,

Ese que ocupa un espacio exterior,

El amor que es recordado del ayer.

12- HAY MOMENTOS

Hay momentos

Que te quedan guardados en el alma,

Que se aferran en lo profundo del corazón.

Hay momentos

Inolvidables en la vida,

Que en tu guarida se vuelven oasis de esperanza.

Momentos

Que no quieres que se olviden,

Que no deseas compartir.

Momentos

Que te gritan en silencio,

Que se agitan en tu intimidad.

Momentos

Como gotas de miel en el espíritu,

Como sabia que recorre tu sentir.

Hay momentos

Que son sagrados en tu vida

Que son llamados a liberar tu corazón.

Hay momentos

Como lluvia fresca en la madrugada

Que en tu almohada te ayudan a dormir.

13- AND DESPIDE

You have broken my heart,

You have let me alone,

You have stolen my soul.

You have taken my star,

You have broken my dreams,

You have betrayed my love.

And despite the time

I'm here, only for you.

In the same place,

In the same café,

In the same table.

Sailing in the sea of silence,

Flirting with the butterflies of time,

Waiting for you,

if despite the time.

14- VOLANDO BAJO

Desde hace rato

Me traes volando bajo

Como pájaro con alas rotas,

Bajo, cabizbajo, triste y melancólico.

Como horizonte sin su mar azul,

Sin calor y suspirando compasión.

Desde hace rato

Me traes volando bajo.

Como gaviota sorteando olas,

Abajo, arriba, con miedo a caer.

Como barca perdida en su nada,

Buscando puerto en donde llegar.

Estoy volando bajo

Por tu amor que no se pone claro,

Por tu amor que siempre toma atajos,

Por tu amor que no me da la hora exacta,

Por tu amor que me tiene saltando en un pie

Sin saber qué hacer

Ni adónde ir,

Suspirando empapado de ilusión.

15- NO ME TRATES ASÍ

¿Por qué me tratas así?

Con desdén y con desaire,

Como con deseos de humillarme.

¿Qué no me amas?

Dime ¿tu amor se ha marchado ya?

¿Por qué me tratas así, mujer?

Si yo te sigo amando igual,

Con ternura, con respeto

Y con ganas de continuar.

Te aprovechas de mí

Porque yo te amo.

Y me siento mal

No ser tratado igual.

Será que como dicen

Que el amor, con el tiempo se desvanece.

Que del amor al odio, hay solo un paso,

Pero en mi caso, no sucede así.

¡No me trates así!

Si ya no me amas,

Dímelo de frente.

Si ya no me quieres,

No inventes maldad.

Dímelo de una vez

Y me iré sin reprocharte nada,

Y me marcharé sin decirte nada

Porque él que amó

Siempre, será el ganador.

16- SOBRE EL ALTAR

Sobre el altar

Pongo todo mi ser,

Pongo todas mis intenciones,

El fruto del trabajo,

Mis penas y necesidades.

Sobre el altar

Pongo toda mi alma

Llena de alegrías, tristezas

Y bendiciones.

Llena de pasiones, sufrimientos

Y devoción.

¡Tómalas!

Como ofrendas de amor,

Como fruto de piedad,

De gozo y libertad.

¡Misericordia pido Señor!

¡Misericordia, piedad y comunión!

Sobre el altar

Pongo todo mi ser.

Pongo todas mis acciones,

Lo bueno y lo malo de mi vida.

El fruto de mis actos,

Lo que hice y dejé de hacer.

Sobre el altar

Pongo mi vida entera.

Las quimeras de mi alma,

Las fronteras de mis pecados,

El beso que nunca pude dar.

17- CAMINO AL CALVARIO

Camino del calvario llevo mi cruz,

Ahí, donde muero por amor.

En mi espalda llevo el peso

De tu infidelidad,

En mi cabeza la corona

De tu traición,

En mi cuerpo las marcas

De los látigos de tu debilidad.

Camino al calvario llevo mi cruz,

Ahí, donde morí por amor.

¿Dónde están los que me señalaron?

¿Dónde están los que me juzgaron?

¿Dónde están los que dijeron contigo hasta el final?

¡Sólo!

El Cirineo obligado me ayudó.

¡Sólo!

Mi madre y Juan me acompañaron bajo la cruz.

¿Y tú?

¿Dónde estás?

¿Y tú?

¿También, me abandonaste?

18- SER APRECIADO

Después del amor

Lo único que quiero

Es ser apreciado.

Que valores lo que hago,

Que me apoyes en mis dudas,

Que me sostengas ante los demás.

Después del amor

Lo único que quiero

Es el aprecio.

No me interesa tu dinero,

No me interesa el poder,

No deseo ser alguien más.

¿Te cuesta tanto?

Ver mis cualidades.

¿Te cuesta tanto?

Aceptar mis debilidades.

¿Te cuesta tanto?

Reconocerme como...

hombre, marido y padre.

19- HOY EN LA MISA

Quiero compartir

mi cuerpo y mi sangre,

como alimento espiritual.

Quiero ser presente en tu vida,

Quiero caminar junto a ti.

Quiero ser tu amigo, tu confidente,

Tu compañero, alguien especial.

¡Hoy en la mesa!

Quiero invitarte

A compartir mi bendición.

En el memorial

De mi muerte y resurrección,

Quiero ofrecerte mi bendición.

Quiero que seas

Mis manos, mis pies;

Mis labios y mi voz;

Mi corazón y mi compasión.

Quiero que seas

Mis ojos y mis oídos;

Mi palabra y mi consuelo,

Mi complemento en la misión.

20- DÍMELO

Sólo deseo saber qué me amas.

Sólo deseo saber qué me quieres.

Sólo deseo sentirme alguien especial.

¿Si que no me quieres?

Dímelo.

¿Si no me amasa?

Dímelo.

¿Si no me deseas?

Dímelo.

Yo sabré encontrar la puerta,

Yo veré que estación me bajo,

Yo seré inteligente en salir.

¡Dímelo!

Aunque me duela profundo.

¡Dímelo!

Aunque me escape a morir.

¡Dímelo!

Aunque al saberlo me muera de dolor.

DESCRIPCIÓN DEL POETA

ROBERT MAXIMILIAM

Escritor de origen salvadoreño, amante del estilo «realismo mágico». Utiliza la prosa romántica en sus diferentes expresiones artísticas, tales como: la novela, el cuento, la poesía, la fábula y la música. Sus argumentos llevan la esencia de un lenguaje poético, mezclado con un realismo romántico y folclórico. En sus obras, plasma: sus costumbres, principios y normas; embellecidas, muchas veces, por la jerga propia de su país de origen. Su narrativa nos transporta a un mundo de tradiciones populares, hechos históricos y leyendas urbanas que enmarcaron su vida.

En su poesía nos transmite un sentir: simple, callado, deseado. Musita, lo querido, lo vivido y lo soñado. Nos lleva por senderos repletos de lluvias de estrellas, murmullos de doncellas y expresiones de gorriones en busca de libertad. En sus coplas encontramos el duende del silencio, la musa de los tiempos y la diosa de la devoción. Nos sumergimos en su realismo mágico, su vivencia coloquial y su querer humilde, ofreciéndonos ramos de frases nuevas, palabras mundanas y ecos de dianas que buscan sotanas en ventanas de un vivir.

Poeta nacido en el pulgarcito de América y en la cordillera de Apaneca. Entre sus primeros recuerdos están: el canto del grillo, el murmuro de la montaña y el beso de los amaneceres mirando el mar.

OTROS POEMARIOS

ESTRELLAS EN MI CAMA; SEDUCIÉNDOME EN LA CALMA; FÉCULAS DEL CORAZÓN; ENAMORADO; ENTRE SÁBANAS BLANCAS; CLAROSCURO DE UN AMOR; ADUCIENDO QUE TE AMO; AGRADECIENDO; EN LA MEDIDA DE LO POSIBLE; AMÁNDOTE EN EL TIEMPO; AUTORRETRATO; A MI AMIGO DE SIEMPRE; MARIPOSAS DE PAPEL; LETANÍAS DE UN POETA TRISTE; AGONÍAS DEL SILENCIO; EN EL OTOÑO DE MIS DÍAS; QUIERO SEDUCIRTE; OMNIPRESENTE; GLORIAS AL DESNUDO; AVIONES DE PAPEL; BESOS PARA MI MADRE; OASIS DE ESPERANZA; BRINDIS DE AMOR; AMO A MI DIOS; A TRAVÉS DEL CRISTAL; AÑORANZAS DEL HIJO PRÓDIGO; SINFONÍA DE UN ALMA EN PENA; EN EL TIEMPO DE UN SEGUNDO; EL CAITE DE JUDAS; UN HIMNO AL AMOR; VERSOS AL DESNUDO; SIGO NECESITANDO DE TU AMOR; EN EL AMPARO DE TU AMOR; MIS SUSPIROS DE AMOR; COLECCIÓN DE POEMARIOS 2019; EN EL NOMBRE DEL AMOR; REFUGIO DE AMOR; EL CISNE NEGRO; HUELLAS DEL ALMA; AYER Y HOY; EN EL SILENCIO; SINFONÍA DE UN AMOR; LETRAS EN LIBERTAD; MAL DE AMORES; ENTRE MUSAS Y BURBUJAS; I LOVE MONTREAL; COLECCIÓN DE POEMARIOS 2020; COLECCIÓN DE POEMARIOS 2021.